Tendre voyou

Le Conseil des Elèv
sur Towa Aikawa, un
aime se cacher sur l
endroit
Un jour, en allant sur
à nez avec Mikado Shiranane, le garçon le plus
sexy et intelligent de l'école....
Pourquoi Towa tomberait-il amoureux de Mikado ? Peut-être à cause des baisers passionnés et des regards langoureux de ce dernier ?

TAIFU COMICS

RIEN N'EST IMPOSSIBLE !

Tomoe Tatsumi, arrive à Tokyo pour s'inscrire à l'université. Là, il percute Mitsugu Kurokawa, un employé de bureau. Ce dernier est fasciné par l'impuissance et la naïveté de Tomoe. Très attiré par ce dernier, Kurokawa lui propose de lui sous-louer la chambre d'amis...

Bravo : vous avez réussi,
Vous voici sur la page « Jeux » !

manga-taifu.com

Découvrir le nouveau site de Taïfu :

JEUX

Dans cette section, Taïfu organisera régulièrement des concours sur vos séries préférées

manga-taifu.com

Aller sur la page :
www.manga-taifu.com
^^

À droite de votre écran vous pouvez voir le jeux en cours : ici c'est un jeu sur Love Junkies.

Super !
Vous voici sur la page « Univers» de votre choix ! (Les autres univers sont toujours accessibles ...)

Dans l'univers choisi vous trouverez toutes les infos sur vos séries préférées : actualités, nouveautés, dossiers et les futures sorties.

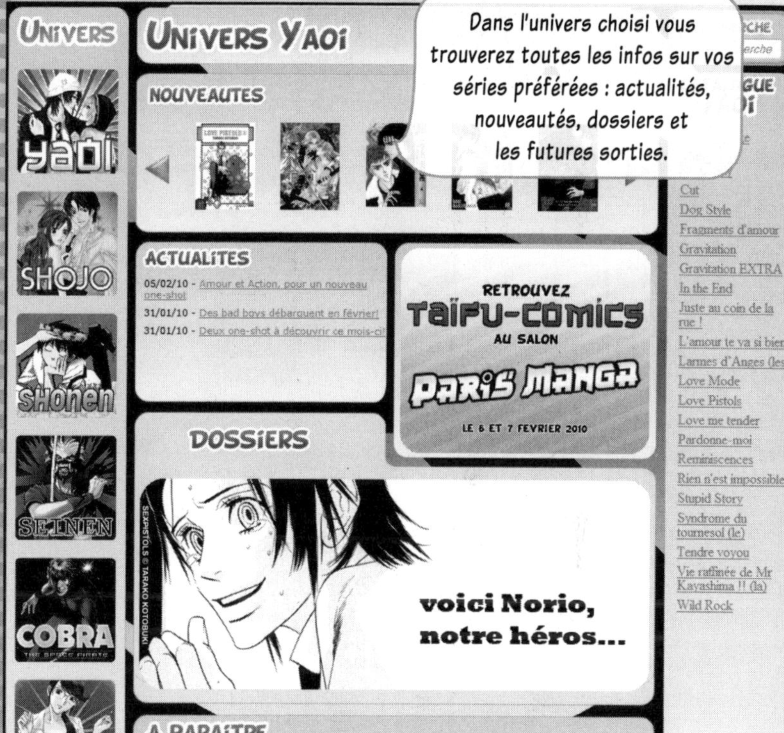

À droite de votre écran vous pouvez accéder à la totalité du catalogue (ici le catalogue Yaoi).

manga-taifu.com

Découvrir le nouveau site de Taïfu :

LES UNIVERS

c'est l'ensemble de la collection de Taïfu : Yaoi, Shojo, Shonen, Seinen, Cobra, et Hentai (liste non exhaustive ^^).

manga-taifu.com

Aller sur la page : www.manga-taifu.com ^^

Via la barre des menus : cliquez sur « Univers », ou bien , ...

... À gauche de la page : vous pouvez faire defiler les univers.

ATTENTION !

Cette bande-dessinée est publiée dans son sens de lecture original japonais, les bulles se lisant de droite à gauche.

Vous êtes donc ici à la FIN !

BOKUTACHI WA ASUNI MUKATTE IKIRUNODA

Originally published in Japan in 2005 by SHINSHOKAN CO.,LTD.
French translation rights arranged through TOHAN CORPORATION, Tokyo.

Dépôt légal à parution
ISBN 978-2-35180-397-4

Directeur de collection : Yves Huchez

Traduction : Nathalie Terisse
Correction et adaptation : Marie Hervé

Conception graphique : Alexandre Cozette
Adaptation graphique et lettrage : Ophélia Huchez

Imprimé en France par Imprimerie Darantiere à Dijon-Quetigny
N° d'impression : 10-0437

MES ASSISTANTS : NARI-CHAN, TAMA-CHAN, KAORI-CHAN, UCCHI

Merci à vous !

UN TROU MORTEL...

APPRENTISSAGE

LE RÊVE DE TOUS

PETITE BD

TSUDA-OURS

DES AMIS MANGAKA
EIKI-LAPIN
EIKI EIKI

POST-SCRIPTUM

すかー。。
GRRBBLLL
スピスピ…
ZZZZ
...
ビクッ
HUMPF
HAH !
DIS DONC, J'AI L'IMPRESSION QU'UNE IDÉE BIZARRE VIENT DE TE TRAVERSER L'ESPRIT !
Hé !
がばっ
BLAT
AH BON... ?

ÔNO, TU AS BIEN DIT QUE TU AIMAIS MIZUOCHI SANS INTÉRÊT AUCUN, N'EST-CE PAS ?
PENSE QUE TU AS ÉPOUSÉ UNE JEUNE FILLE DE BONNE FAMILLE RICHISSIME ET ACCEPTE SANS CONDITION SES SENTIMENTS POUR TOI.
EPOUSER ?
HMMM
CELA DIT, JE NE VOIS PAS OÙ EST LE PROBLÈME PUISQUE DEPUIS LE DÉBUT LEURS SENTIMENTS SONT RÉCIPROQUES ET CE AVANT MÊME D'AVOIR COUCHÉ ENSEMBLE...
C'est quoi cette réponse mi-figue mi-raisin, hein ?
ESSAYEZ DE CHANGER LES RÔLES ET PEUT-ÊTRE QUE LA CHANCE FICHERA LE CAMP TOUTE SEULE.
HAHAHAHA
ON ESSAYE ?
Si tu y tiens vraiment...
ぶる VOUM
ぶる VOUM
NON, MERCI, JE SUIS HEUREUX D'ÊTRE UN SUPER CHANCEUX !
JE SUIS COMBLÉ DE POUVOIR COUCHER AVEC TOI, MON CHER TASUKU, J'EN RAFFOLE !

RLACK
Vous êtes le Grand Gagnant !
J'AI GAGNÉ LE PREMIER PRIX À LA TOMBOLA DE LA VILLE,
J'AI ÉTÉ RÉCOMPENSÉ POUR AVOIR ÉTÉ LE XXE VISITEUR LÀ OÙ ON EST PARTIS EN BALADE,
CONCOURS DE VISITEURS
IDEM À LA SUPERETTE, D'OÙ JE SUIS REPARTI AVEC UN LOT,
J'AI RAMASSÉ UN PORTEFEUILLE BOURRÉ DE BILLETS,
COFFE
LE DISTRI-BUTEUR AUTOMA-TIQUE QUI ME REND TROP DE MONNAIE,
BREF, TOUT ÇA...
PLUS JE DEVIENS CHANCEUX ET PLUS JE DEVIENS RÉTICENT À TE FAIRE L'AMOUR PARCE QUE ÇA ME TRAVAILLE. ÇA ME GÊNE, J'AI L'IMPRESSION QUE CE N'EST PAS SAIN !
NE ME DIS PAS QUE TU AS TITILLÉ MES NERFS À CAUSE D'UNE EXCUSE AUSSI BIDON QUE CELLE-LÀ ?
CRACHE PAS DANS LA SOUPE, ÔNO.
Quand on est si heureux on mesure son bonheur...
De quoi tu te plains...

FINALEMENT,
C'EST LUI QUI A FINI PAR MENER LA BARQUE. TU EXPLIQUES COMMENT, CE COMPORTEMENT ?
DITES...
Tu n'as qu'à être plus démonstratif dès le début !
JE N'AI PAS SPÉCIALEMENT ENVIE DE CONNAÎTRE LES DÉTAILS DE VOTRE VIE PRIVÉE...
Tu m'écoutes ?
Bref
JE PEUX SAVOIR POURQUOI TU TE COMPORTES COMME ÇA ?
NE ME DIS PAS ENCORE QUE TU N'ES PAS SÛR DE TES SENTIMENTS !
NON,
CE N'EST PAS ÇA...
C'EST ...
J'AI RENONCÉ À ACHETER DES TICKETS À GRATTER ...
OUI,
JE SAIS BIEN...
Et alors ?
EH BIEN...

C'EST TOI LE PREMIER QUI FINIS PAR PRENDRE TON PIED ET À AGITER TON BASSIN COMME UN FOU !
POUF
GNNNT
LAISSE-MOI FAIRE...
SLIIIT
TU NE POURRAS PAS RÉSISTER.
SLURP
HAAAAAAAH
OUHYAAAH !
HAAN ♥

ACCUEILLIR LE BONHEUR
TU N'ES PAS MOTIVÉ, OU QUOI ?
NON, CE N'EST PAS CE QUE TU CROIS, J'AI TOUJOURS ENVIE, MAIS EN FAIT...
SMURF
ぷちっ
GRRR
BLAF
BLAF
BLAF
BLAF
WOUAAAAAH !

RYÔTA !
GAAH
BRR BRR
JE FAIS QUOI... J'AI GAGNÉ LE GROS LOT...
C'est sûrement impossible, mais regarde...
ブル
REGARDE
ブル
BRR BRR
!!
Bonne analyse !
C'EST DU DÉLIIII-IIIRE !!
JE VOUS SOUHAITE PLEIN DE BONHEUR.
Tu partageras tes Gains avec moi, dis ?
FIN

LE STAND DE LOTERIE !
ILS ONT SORTI DE NOUVEAUX TICKETS À GRATTER !
JE ME DEMANDE POURQUOI IL S'OBSTINE, IL NE GAGNE JAMAIS.
Ça lui passera...
...
SI ÇA SE TROUVE, ÇA POURRAIT SE FAIRE...
QUOI ?
SELON MON ANALYSE, JE PENSE QUE TU PEUX TRANSMETTRE LA CHANCE À TON PROCHAIN UNIQUEMENT SI VOS SENTIMENTS SONT RÉCIPROQUES.
LA DERNIÈRE FOIS, RIEN NE S'EST PRODUIT CAR VOUS VOUS TROUVIEZ DANS UNE SITUATION UN PEU BANCALE.
MAIS LES CHOSES ONT ÉVOLUÉ, ET IL SE POURRAIT BIEN...
Haha
IMPOSSIBLE...
TU RÊVE !
...

MIZUOCHI A ACCEPTÉ LA SITUATION.
On rentre ?
On n'a plus rien à faire ici.
AH BON... VRAIMENT ?
Je crois que vais finir par les laisser rentrer tout seuls.
Je ne vois pas pourquoi je les suis...

FUIS AUTANT QUE TU VEUX, JE TE POURSUIVRAI !
ふわ…
FWAH
RYÔTA...
ぎゅっ…
GNUT
EUH...
HEIN ?
Quoi ?
Il fait quoi... ?
T'ES PAS TRÈS VIF, MON VIEUX.
Il ne pige rien
Rien du tout

C'EST JUSTE QUE...
ÇA SUFFIT !
HAH
RYÔTA ?
TU AURAS BEAU VOULOIR T'ÉLOIGNER DE MOI, JE REVIENDRAI !
ET JE VAIS COMMENCER PAR ME DÉBARRASSER DE TOUS CEUX QUI OSENT T'APPROCHER, COMME ÇA, ÇA ME FACILITERA L'ACCÈS !

QU'EST-CE QUE TU FAIS LÀ ?
UN TORSE DÉCOUVERT
UN PANTALON DÉBRAILLÉ
HUGH
QU'EST-CE QUE VOUS LUI AVEZ FAIT !
WOUAAAAAH !
Ça portait vraiment à confusion !
On faisait que le consoler...
OUPS
OUPS
RYÔTA, ARRÊTE !
GRAB
POURQUOI ?
ÇA NE TE RESSEMBLE PAS ! COMMENT TU AS PU TE LAISSER ENTRAÎNER PAR CES DEUX-LÀ ?
TU POUVAIS FACILEMENT T'EN DÉBARRASSER, NON ?

Si tu l'aimes, alors, fonce au lieu de patauger dans la semoule...
バァーン
DEGLANG
Vous êtes là ?
Oui, oui...
Ryôta ?

QUAND ON AIME IL NE FAUT PAS RAISONNER COMME ÇA !
ばっ
VLAP
TU AS COUCHÉ AVEC LUI NON PAS POUR CE FICHU DON, MAIS PARCE QUE TU L'AIMES ! PARCE QUE VOUS VOUS AIMEZ ! VOUS ÊTES DES MECS, ET ALORS ?
JE...
JE ME SOUCIE DU REGARD DES AUTRES, DE LA FAMILLE...
LA VIE EST UN ÉTERNEL COMBAT,
C'EST À NOUS DE BATAILLER POUR LE BONHEUR, TU NE DOIS PAS T'AVOUER VAINCU ! ON T'A HARCELÉ AU NOM DE NOTRE BONHEUR ET DANS LE BUT DE RÉUSSIR L'AUDITION, PRENDS-EN DE LA GRAINE !
L'ÊTRE HUMAIN N'EST HEUREUX QUE S'IL EST LIBRE. D'AILLEURS, C'EST CE QUI FAIT NOTRE FORCE.
Pas vrai ?
Ouais.
JE NE VAIS PAS REGRETTER ?
TU AURAS TOUT LE TEMPS DE T'EN MORDRE LES DOIGTS APRÈS, MAIS POUR LE MOMENT TU PERDS TON TEMPS À TE PRENDRE LA TÊTE !
Je suis d'accord

CONTRAI-REMENT À VOUS,
POUR MOI, LA FIN JUSTIFIE LES MOYENS.
PARCE QUE J'AIME RYÔTA... PARCE QUE J'AI CRU LE RENDRE HEUREUX ALORS J'AI COUCHÉ AVEC LUI.
LÀ, JE SAIS QUE JE NE SUIS RIEN...
ET JE PEUX METTRE UNE CROIX SUR NOTRE RELATION.
JE SUIS UN MEC...
ET JE NE POURRAI JAMAIS LE RENDRE HEUREUX.
ET MÊME S'IL A DIT QU'IL M'AIMAIT,
SANS CE «DON», JE NE SUIS RIEN DU TOUT !

DIS-MOI, CE N'EST PAS DES SALADES, J'ESPÈRE !
NON.
BON, EH BIEN...
SI TU N'AS RIEN HÉRITÉ...
PFOUAH
HUMPF
On va croiser les doigts pour l'audition...
DÉSOLÉ POUR TOUT. DÉSOLÉ DE T'AVOIR ATTIRÉ JUSQU'ICI...
CELA DIT, JE SAVAIS QUE ÇA NE RIMAIT À RIEN.
JE NE TE CACHE PAS QUE TU ÉTAIS NOTRE SEUL ESPOIR DE NOUS SORTIR LA TÊTE DE L'EAU.
DANS NOTRE MILIEU, ON NE JUGE QUE LE TALENT DU MUSICIEN.
Et non parce qu'on a vu l'émission...
ON EST DU GENRE À ALLER JUSQU'AU BOUT DE NOS RÊVES ET PEU IMPORTE LA MÉTHODE UTILISÉE. ON EST DÉSOLÉS.
On veut vivre de la musique.
POUR UNE CHOSE QU'ON AIME...

SI, ON EST MOTIVÉS.
ON VERRA BIEN CE QUI ARRIVERA...
J'AI DÉJÀ VÉRIFIÉ !
J'AI COUCHÉ MAIS IL NE S'EST RIEN PASSÉ.
AH...
EUH...
MAIS PEUT-ÊTRE QUE...
C'EST PARCE QUE TU AS COUCHÉ AVEC UNE FILLE.
ÇA N'A PAS FONCTIONNÉ PARCE QUE DANS TON CAS, TU ÉTAIS PUCEAU.
NON, C'ÉTAIT UN MEC.
DIRECT
QUOI ? NON, SÉRIEUX ? TU AS FAIT ÇA AVEC UN MEC ? TU LUI AS BOURRÉ LE... ET IL T'A BOURRÉ LE... ?
ARRÊTE, TU ES GROSSIER !
Hé !
BONG

ぷち
PLIC
ぷち
PLIC
QUI COMMENCE ?
COMME TU VEUX, ÇA M'EST ÉGAL....
Pourvu que ça marche...
VAS-Y, COMMENCE !
HEIN ?
JE NE SAIS PAS COMMENT M'Y PRENDRE AVEC UN MEC, EN FAIT...
Chais pas comment faire...
MOI NON PLUS, MAIS VU QUE TU EN AS UNE PLUS PETITE QUE MOI...
ça peut te faciliter la tâche...
RÉPÈTE ÇA !
Je suis sceptique...
VOUS ALLEZ LA FERMER ?
PERSONNE NE VOUS FORCE !
Il a pris la mouche...
Euh...
VOUS PERDEZ VOTRE TEMPS, JE NE POSSÈDE PAS CE FICHU DON !

SAUF QUE...
JE NE SAIS PAS QUOI FAIRE.
TOUT ÇA ME FATIGUE.
VIENS, ON EST PRÊTS.
ガラ
RLAAH
ガラ...
RLAAH
VAUT MIEUX FERMER.
TANT PIS...
ガシャン..
SHCLACK
ADVIENNE QUE POURRA !

JE VAIS TIRER UN COUP AVEC EUX, ET APRÈS ? POURQUOI ACCEPTER... ?
Ho hisse !
PUISQUE JE SAIS QUE JE NE POSSÈDE PAS DE DON.
FINALEMENT,
C'EST UNE AUTRE FORME DE FUITE.
J'ARRÊTERAI DE FUIR LE JOUR OÙ JE CONSENTIRAI À ATTENDRE RYÔTA...
ET SI JE REBROUSSAIS CHEMIN ?

RLAAAAAAH
Chouette, c'est ouvert !
C'EST TOUJOURS DANS LES ENTREPÔTS QU'IL Y A DES MAGOUILLES.
Et les Bagarres dans la cours.
SUPER, DES MATELAS !
ÇA TOMBE PILE-POIL, AIDE-MOI À LES ÉTALER.
JE LES AI SUIVIS ET MAINTENANT, QU'EST-CE QUE ÇA VA CHANGER ?

SDENG
ÔNO, DEBOUT !
AÏE !
HM ? BAH...
HEIN ? KATSUYAMA, MAIS...?
CE N'EST PAS LE MOMENT DE RÊVASSER.
MIZUOCHI S'EST FAIT EMBARQUER PAR LES ZOZOS QUI ESPÈRENT DEVENIR «CHANCEUX».
QUOI ?
VLAP
がばっ
QUOIII?

J'AI L'IMPRESSION QU'IL EST DANS UN SACRÉ PÉTRIN, PAS TOI
ah
Attends, j'ai mon téléphone portable
FROUSH
FROUSH
ON DEVRAIT LE PRÉVENIR...
On ne sait jamais...
INFIRMERIE
TULUUUUT
TULUUUUT
BIP
OUI ALLÔ, VOUS ÊTES SUR LE PORTABLE D'ÔNO, IL N'EST PAS DISPONI...
QUOI ?
TU EN ES SÛR ?
OUI... D'ACCORD !
TU AS BIEN FAIT DE ME PRÉVENIR !

ALORS, TU ES D'ACCORD ?
SUPER ! T'ES UN CHEF !
BON, PUISQUE TU T'ES ENFIN DÉCIDÉ COMMENÇONS TOUT DE SUITE AVANT QUE TU NE CHANGES D'AVIS !
Là, maintenant !
IL SE POURRAIT QU'ON SOIT DÉRANGÉS PAR LES AUTRES, LÀ-BAS !
TROUVONS UNE PETITE CACHETTE SYMPA DANS LE BAHUT !
Tu pourrais nous trouver ça ?
j'aurais préféré t'inviter à l'hôtel, désolé !
MIZUOCHI !?
Je porte ton sac, si tu veux ♪
...

TASUKU MIZUOCHI !
QUE FAIRE...
GRAB
L'AUDITION APPROCHE ET ON N'A PLUS LE TEMPS !
PROMIS, ON S'APPLIQUERA ALORS AIDE-NOUS, S'IL TE PLAÎT !
SI J'ESSAYAIS DE LES SUIVRE...
PEUT-ÊTRE QUE J'ARRIVERAIS À PRENDRE UNE DÉCISION ?
JE PRENDS LE TEMPS DE RÉFLÉCHIR.
MAIS CE N'EST PAS UNE « FUITE » !
SSSST

MIZUOCHI ?
JE N'AI PAS VRAIMENT ENVIE DE PARTIR...
TU ES TOUT SEUL ?
TU ATTENDS ÔNO ?
NON...
TU AS L'AIR DANS LES VAPS...
VIENS, ON VA AU DOJO NOUS AUSSI.
Allez !
AH...
POF
QUE FAIRE ?
SI JE RENTRE, CELA SIGNIFIERAIT QUE JE FUIS.
JE NE PEUX PAS RENTRER...
SI JE CONTINUE À MARCHER, JE VAIS FATALEMENT ME DIRIGER VERS LE DOJO...
SI JE FUIS, RYÔTA SOUFFRIRA...
ET DONC JE ME RETROUVERAI EN FACE DE LUI.
QUE DÉCIDER ?

BLABLA
BLABLA
BLABLA
TOUT DROIT, JE VAIS AU BAHUT,
À DROITE, JE PRENDS LA PREMIÈRE RUE...
JE PARS OU JE RESTE ?
MAIS JE T'AIME, TASUKU !
POURQUOI EST-CE QUE TU DOIS FUIR ?
PLUS TU VOUDRAS FUIR, PLUS TU LE TOURMENTERAS.

PFUIIIUH
POUR L'INSTANT, LAISSE-MOI M'OCCUPER DE LUI, D'ACCORD ?
TU FERAIS MIEUX D'ALLER RÉFLÉCHIR UN PEU POUR PRENDRE UNE DÉCISION.
MAIS N'OUBLIE PAS UNE CHOSE !
LA VÉRITÉ NOUS RATTRAPE TOUJOURS.
PLUS TU VOUDRAS FUIR, PLUS TU LE TOURMENTERAS.
RYÔTA...

À MOINS QUE TU N'AIES PAS ENVIE D'ÊTRE HEUREUX.
MAIS PAS DU TOUT !
ALORS, JE PEUX ?
JE PEUX GARDER LA MAIN DE RYÔTA DANS LA MIENNE ?
IL NE SERA PAS MALHEUREUX... ?

J'ESPÈRE QUE TU NE VAS PAS L'ASSOMMER À CHAQUE FOIS.
Je ne serai pas toujours là...
NON...
ET MAINTE-NANT,
TU COMPTES FAIRE QUOI ?
TU SAIS QU'IL T'AIME, POURQUOI NE PAS ACCEPTER ET ENTAMER UNE RELATION ?
SI ON SE FRÉQUENTE,
IL RISQUE D'ÊTRE MALHEUREUX.
IL SERA REJETÉ PAR SON ENTOURAGE, MÉPRISÉ PAR SA FAMILLE...
TU NE PEUX PAS SAVOIR CE QUE L'AVENIR VOUS RÉSERVE RÉELLEMENT !
SI ÇA SE TROUVE, TOUT VA BIEN SE PASSER.
ON VOUS ACCEPTERA PEUT-ÊTRE ET AU PIRE DES CAS, VOUS N'AUREZ QU'À RÉGLER LES PROBLÈMES AU JOUR LE JOUR.
EN ATTENDANT, PROFITEZ DE CETTE NOUVELLE RELATION ET NE PASSEZ PAS À CÔTÉ DE QUELQUE CHOSE DE BIEN !

ARRÊTE DE VOULOIR LUI CLOUER LE BEC EN LUI ASSÉNANT DES COUPS.
Tu es gêné, tu frappes, tu es énervé, tu frappes et là...
JE SAIS... mais...
TON COUP A ÉTÉ REDOUTABLE, IL NE SE RÉVEILLE TOUJOURS PAS.
J'AI COMME L'IMPRESSION QU'IL EST PROFONDÉMENT ENDORMI.
Tu ne trouves pas ?
ZZZZ ZZZZ
EUH...
C'EST SANS DOUTE PARCE QU'IL N'A PAS BEAUCOUP DORMI LA NUIT DERNIÈRE...
LA NUIT DERNIÈRE, OUAIS.
C'est vrai, j'avais oublié ce détail...
TU VEUX DIRE QU'IL EST EN TRAIN DE TERMINER SA NUIT, C'EST ÇA ?

ズッ
SSSLLLT
MAIS TU SAIS...
ぎゅっ
GRIP
RYÔTA...
PARDON...
J'AURAIS PRÉFÉRÉ QU'ON RESTE AMIS. TU AURAIS CERTAINEMENT PU ÊTRE PLUS HEUREUX.
INFIRMERIE
TU NE COMPRENDRAS DONC JAMAIS...

*BLOCAGE EN KARATÉ

STOMP
ZUT
AÏE...
ET TOI...
TU M'AIMES, PAS VRAI ?
Ouille...
BEN MOI AUSSI, FIGURE-TOI.
ÇA SIGNIFIE QUE NOS SENTIMENTS SONT RÉCIPROQUES.

NE T'ATTENDS PAS À CE QU'ON ENTAME QUOI QUE CE SOIT SOUS PRÉTEXTE QUE TU M'AIMES.
J'AI DÉCIDÉ D'Y METTRE UN TERME...
LAISSE-MOI TRANQUILLE !
HUMGH
MAIS TU VAS ARRÊTER, OUI ?
COMMENT VEUX-TU QUE J'ACCEPTE ÇA ?
BLARF
FAIS GAFFE, IMB...

«JE T'AIME TASUKU», C'EST BIEN CE QU'IL A DIT ?
ET MOI QUI FAIS TOUT POUR L'OUBLIER.
POURQUOI EST-CE QU'IL ME SORT UN TRUC AUSSI DÉSTABILISANT ?
TASUKU, JE N'AI PAS FINI DE TE PARLER !
ばんっ
BLAM

JE NE VEUX PAS T'ENTENDRE DIRE ÇA, IDIOT !
ダッ
DASH
HÉ, ATTENDS...
TASUKU !
RLAAAAAH

TASUKU, JE T'AIME !
TU...
POURQUOI...
POURQUOI IL ME DIT ÇA MAINTENANT...
ZRARF

JUSTEMENT...
RECONNAIS QUE JE T'AI UN PEU FORCÉ LA MAIN.
PUISQU'ON SAIT QUE JE NE SUIS RIEN, ALORS FICHE LE CAMP AVANT QU'IL NE SOIT TROP TARD...
ET SI JE TE DISAIS QUE C'EST DE L'AMOUR QUE J'ÉPROUVE POUR TOI ?
ARRÊTE DE DIRE N'IMPORTE QUOI...
TU NE SAIS PAS CE QUE TU RESSENS POUR MOI...
OUI, JUSQU'À CE MATIN.
MAIS PLUS MAINTENANT.

POURQUOI TU TE LAISSES FAIRE ?
IL FAUT QUE TU TE DÉFENDES !
SSSST
JE...
LAISSE TOMBER ...
TU N'ES PAS OBLIGÉ DE RESTER AVEC MOI...
BAH, PARCE QUE TU NE PORTES PAS CHANCE ?
JE TE LE RÉPÈTE, J'EN AI RIEN À FAIRE DE ÇA !

QU'EST-CE QUE TU FICHES !!
GRIP
KYAAAAAAAAAH !
DOBLONG
DÉGAGE TOUT DE SUITE !
ぽいっ
HÉÉÉÉÉ !
SPLONG
Tes malade, ou quoi !
GRIIIIH
キィーッ
GRR
GRR
ピシャンッ
P.LAMB

JE VEUX JUSTE TESTER POUR VOIR.
FUFUFUFUH
Allez !
JE N'AI PAS DE DON, TU NE PIGES PAS ?
UNE MAIN BALADEUSE QUI GLISSE SOUS SA CHEMISE.
ÉCOUTE, C'EST EN ESSAYANT QU'ON SERA FIXÉS.
UN GENOU DANGEREUSEMENT PLACÉ.

DAM DAM DAM
DAM DAM
HAH
HAH
HAH
IL N'EST NI DANS LES TOILETTES, NI DANS LE COULOIR, IL NE RESTE PLUS QUE LE TOIT !
DAM DAM DAM
DAM DAM
J'ESPÈRE QU'IL Y SERA !
RLAAAAAAAAH

JE SUIS CONTENT D'AVOIR PU FAIRE L'AMOUR AVEC LUI... MÊME SI C'ÉTAIT L'UNIQUE ET DERNIÈRE FOIS...
RLAAAAAAH
CE SOUVENIR RESTERA À JAMAIS GRAVÉ DANS MA MÉMOIRE.

C'ÉTAIT UN MOMENT SI MERVEILLEUX.
CEPENDANT, CELA NE SE PRODUIRA PLUS JAMAIS...
JE SOUHAITAIS LE RENDRE HEUREUX AVEC MON DON.
MAIS PUISQUE JE N'EN AI PAS,
JE NE VOIS PAS POURQUOI IL PERDRAIT SON TEMPS AVEC MOI.
ALORS...
GNIP
ぎゅっ
ÇA SERAIT MIEUX D'ARRÊTER TOUT DE SUITE.

HIER SOIR...
ON S'EST ENLACÉS SI TENDREMENT.
NOS PEAUX BRÛLANTES SE TOUCHAIENT.
JE L'AI SENTI RENTRER TOUT AU FOND DE MOI...

SLUMB
わた
MAIS OUI !
VOYONS... OÙ PEUT-IL BIEN ALLER... ?
わた
Euh, euh...
SLUMB
SOIT DANS LES TOILETTES SOIT SUR LE TOIT DU LYCÉE !
Il m'en fera voir de toutes les couleurs...
MERCI ! J'Y VAIS !
HÉ !
CETTE HISTOIRE DE «DON» ET DE SENTIMENTS, C'EST PEUT-ÊTRE...
バタバタバタ
DAM DAM DAM DAM
BREF...
PAS LA PEINE D'INSISTER...
IL A DIT QU'IL N'AVAIT PAS BESOIN DE ÇA POUR L'AIMER...

IL ÉTAIT PERSUADÉ QUE TU SUCCOMBERAIS GRÂCE À ÇA.
IL NE PENSAIT PAS QUE TU L'AIMAIS.
JE LUI AI BIEN FAIT COMPRENDRE QUE JE M'EN FICHAIS ALORS POURQUOI...
À MON AVIS, IL DOIT CERTAINEMENT ÊTRE EN TRAIN DE SE PRÉPARER À ACCEPTER UNE RUPTURE...
!
SMURF
À MOINS QU'IL SOIT EN TRAIN D'ÉCHAPPER À SES POURSUIVANTS...
puisque la nouvelle ne s'est pas encore répandue...
!?
SMURF
DIS-MOI CE QU'IL FAUT FAIRE !
TU CROIS QUE JE DEVRAIS ALLER LE RETROUVER ET LUI AVOUER MES SENTIMENTS, C'EST ÇA ?
Je ne sais pas, je ne suis pas Doraxmon, moi.

TU AS RAISON...
POURQUOI RÉFLÉCHIR AUTANT...
ALORS QUE JE SUIS COMPLÈTEMENT OBNUBILÉ PAR LUI.
JE NE COMPRENDS TOUJOURS PAS COMMENT CELA A PU T'ÉCHAPPER.
GNAGNA
Bah, parce que j'ai toujours été envahi par ce sentiment de vouloir le protéger et...
QUOI QU'IL EN SOIT,
GNAGNA
C'EST LUI LE PROBLÈME, MAINTENANT.
IL DOIT CERTAINEMENT ÊTRE EN TRAIN DE SE MÉPRISER, À L'HEURE QU'IL EST, EN DÉCOUVRANT QU'IL NE PORTAIT PAS CHANCE.

FINALEMENT, TU SAIS OÙ TU EN ES AVEC TES SENTIMENTS.
HEIN...
MIZUOCHI N'EST PLUS UN GAMIN, IL EST GRAND ET FORT, IL N'A PAS BESOIN D'UNE PROTECTION.
OR, TU NE L'AS JAMAIS QUITTÉ D'UNE SEMELLE.
CE QUI REVIENT À DIRE QUE TU NE VOIS QUE PAR LUI, NON ?
HAH
ET TU ME DIS QUE TU N'ARRIVES PAS À DÉFINIR LES SENTIMENTS QUE TU LUI PORTES ?
Hm ?

JE N'AI PAS BESOIN DE SON «DON».
DEPUIS QUE JE SUIS GOSSE, J'AI ENVIE D' ÊTRE À SES CÔTÉS
SIMPLEMENT POUR LE PROTÉGER.
LE JOUR OÙ IL S'EST JETÉ DANS MES BRAS POUR PLEURER LA MORT DE SA MÈRE...
T'INQUIÈTE, JE NE T'ABANDONNERAI PAS.
GRAB
JE SERAI TOUJOURS LÀ POUR TOI.

POUR TOUT TE DIRE...
J'AI ÉTÉ SOULAGÉ DE NE PAS GAGNER...
IL AURAIT PU M'ACCUSER DE CONVOITISE SI J'AVAIS EU UN TICKET GAGNANT.
ET HIER SOIR...
CROIS-MOI, J'AI PAS MAL HÉSITÉ.
JE SAVAIS PERTINEMMENT QU'IL VOULAIT SAVOIR S'IL ÉTAIT PORTEUR DE CE GÈNE.
MAIS L'ENVIE DE LUI FAIRE L'AMOUR ÉTAIT FORTE...
IL N'Y A PAS UNE MINUTE OÙ JE N'AI MAUDIT L'EXISTENCE DE CE SATANÉ «DON».
ALORS POUR TOI, ÇA AURAIT ÉTÉ PLUS SIMPLE D'ÊTRE FIXÉ SUR TES SENTIMENTS SI CETTE IDÉE DE «DON» N'AVAIT JAMAIS EXISTÉ ?
OUI...

DONC VOILÀ...
IL EST PARTI TOUT SEUL.
J'AI PENSÉ À LE RATTRAPER, MAIS IL AVAIT L'AIR TELLEMENT CHOQUÉ.
JE NE SAVAIS PLUS QUOI FAIRE.
IL SAVAIT QUE VOTRE RELATION ÉTAIT STÉRILE ET PERDUE D'AVANCE.
GRÂCE À CE «DON» IL A VOULU MISER SUR CE NOUVEL ESPOIR.
SON RÊVE S'EST ÉCROULÉ EN UNE FRACTION DE SECONDE ET LE VOILÀ PROFONDÉMENT BLESSÉ.

DÉSOLÉ, RYÔTA, JE PENSAIS VRAIMENT TE FAIRE GAGNER LE GROS LOT.
TASUKU...
ET DÉSOLÉ DE T'AVOIR ENNUYÉ AUSSI AVEC LE RESTE...
すっ…
SSSST
ET PUIS, MAINTENANT ON EST FIXÉS, ON SAIT QUE JE NE PORTE PAS CHANCE.
VOILÀ, C'EST FINI...
DÉSOLÉ... SALUT.
ZRARF
TASUKU !

MINCE...
ILS SONT TOUS PERDANTS...
À FORCE D'ÊTRE TRAQUÉ,
IL A FINI PAR CROIRE QU'IL AVAIT VRAIMENT CE DON...
IL EN ÉTAIT MÊME PERSUADÉ...
SAUF QUE C'EST UN GARÇON...
ET LA «PORTEUSE DE CHANCE» ÉTAIT UNE FEMME...

TOUT UN TAS DE TYPES NOUS A POURSUIVIS, HIER SOIR.
TASUKU A PÉTÉ UN CÂBLE ET IL A INSISTÉ POUR SAVOIR S'IL AVAIT CE FAMEUX DON.
DONC, JE N'AI PAS EU LE CHOIX...
GRAB
Je vois qu'on ne résiste pas au pétage de plomb... hihi
...
NON MAIS ATTENDS, C'EST LUI QUI S'ACCROCHE À MOI ! COMMENT VEUX-TU QUE JE LUI TIENNE TÊTE ?
Comment veux-tu que je résiste à ce sourire dévastateur ? C'est impossible !
Ça va, j'ai pigé...
CE MATIN...
IL M'A TIRÉ JUSQU'AU STAND DE LOTERIE POUR QUE J'ACHÈTE UN TICKET À GRATTER...
ET LE PIRE...
LOTERIE
宝くじ

QU'EST-CE QUI T'ARRIVE ?
VOUS VOUS ÊTES DISPUTÉS, HIER, APRÈS ÊTRE RENTRÉS TOUS LES DEUX ?
HEIN ?
PAS DE DISPUTE, NON...
ON A FAIT L'AMOUR.
ÇA, C'EST DU RAPIDE.
non, t'es sérieux ?
VOUS N'AVEZ PAS GRILLÉ DES ÉTAPES, PAR HASARD ?
Pour quelqu'un qui était encore indécis...
JE T'EXPLIQUE ...

KATSU-YAMA, À L'AIDE !
JE NE SAIS PLUS QUOI FAIRE !
たすけてドラ○も〜んっっ
AU SECOURS DORAX-MON !
またかい？の○太くんは！
TU AS ENCORE UN SOUCI ?
ガタッ
GATAH
SORTONS DANS LE COULOIR.
ざわ
BLABLA
ざわ
BLABLA
ざわ
BLABLA

EUH...
PERDU...
ET LES AUTRES ?
GRATT
GRATT
GRATT
GRATT
TOUS DES TICKETS PERDANTS...
C'EST PAS POSSIBLE...

ÇA Y EST, J'AI COMMIS L'IRRÉPARABLE...
RYÔTA, VA T'ACHETER UN TICKET POUR VOIR ! SI TU GAGNES, C'EST LE BONHEUR ASSURÉ !
TASUKU...
JE N'AI PAS FAIT ÇA POUR GAGNER AU LOTO, TU SAIS.
ドシッ
BAF
ALLEZ !
EST-CE QU'ON A BIEN FAIT ?
JE N'AI PAS PU RÉSISTER À MON ENVIE.
GRATT
GRATT
IL ÉTAIT TELLEMENT ATTIRANT...
ALORS ?
ヒョイ
HOP
HEIN ?
EH BIEN...

AAAAAAAH!
IL EST VACHEMENT SEXY...
FLORF
HAH
HAH
HMM
HUGH...
HM...
HAAAAAAA
FLITCH
HM...

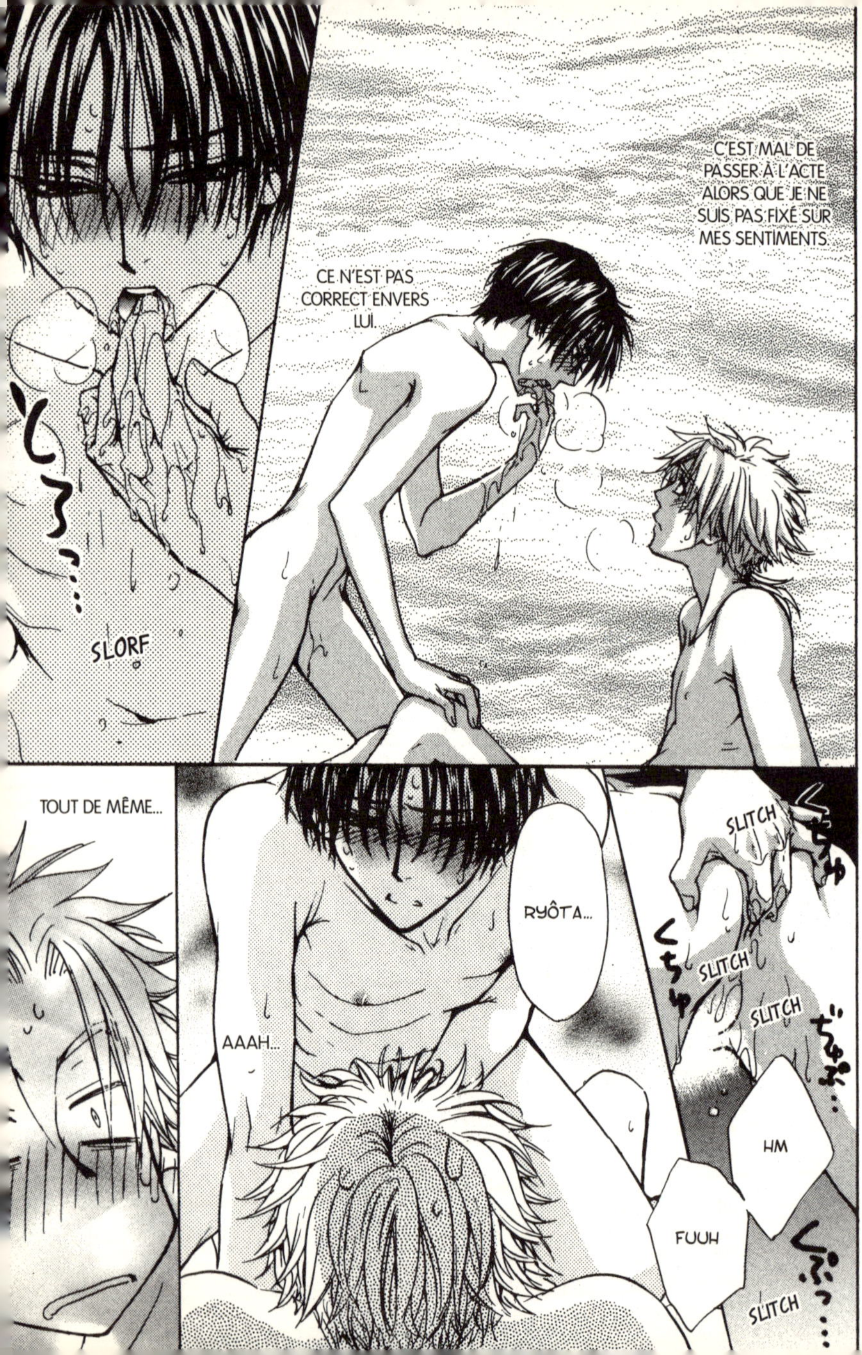
C'EST MAL DE PASSER À L'ACTE ALORS QUE JE NE SUIS PAS FIXÉ SUR MES SENTIMENTS.
CE N'EST PAS CORRECT ENVERS LUI.
SLORF
SLITCH
SLITCH
SLITCH
RYÔTA...
HM
FUUH
SLITCH
AAAH...
TOUT DE MÊME...

GLOP
HOULALA
TASUKU A AVALÉ MON...
Hyah
SLURP
SLURP
SLURP
CHUP
JE NE SAIS PAS SI C'EST BIEN SÉRIEUX CE QU'ON FAIIIIIIIIIIT...
AAAAAAAAH
FLORF
PFUUUH
FRANCHEMENT...

TON PÈRE... IL N'EST PAS LÀ ?
ぎ
GNUT
NON, IL EST EN DÉPLACEMENT.
しっ
HUGH
AH
EUUUH...
BOUGE PAS.
JE M'OCCUPE DE TOUT.
OUPS
すっ
SSSST

... POUR ÉVITER QUE ÇA ARRIVE, JE VEUX QUE LES CHOSES SOIENT CLAIRES... RYÔTA !
JE NE SAIS MÊME PAS ENCORE CE QUE JE RESSENS POUR TOI ET TU VEUX...
OUI...
MAIS...
JE VOUDRAIS QUE CE SOIT AVEC TOI...
TASUKU...

RYÔTA...
HAH
HEIN ?
OUI, QUOI ?
OUPS
JE PENSAIS POUVOIR ATTENDRE... MAIS JE N'Y ARRIVE PAS.
JE VEUX TE FAIRE L'AMOUR, CE SOIR.
QUOI
J'AI PEUR DE NE PAS POUVOIR ME CONTENIR PLUS LONGTEMPS SI JE TOMBE SUR UN DE CES ZOZOS.
TU N'AS PAS LE DROIT DE LEVER LA MAIN SUR EUX, C'EST CONTRAIRE AUX RÈGLES DU KARATÉ !
JE LE SAIS...
C'EST BIEN POUR ÇA QUE...

EST-CE QUE JE SUIS EN TRAIN D'ÉPROUVER DE L'AMOUR... ?
JE CROYAIS QUE C'ÉTAIT UN SENTIMENT PLUTÔT... AIGRE-DOUX ?
QUAND JE SUIS AVEC LUI, MON CŒUR BAT LA CHAMADE ET JE DEVIENS SENSIBLE.
C'EST COMME SI UNE VAGUE RASSURANTE ME SUBMERGEAIT.
J'AI ENVIE D'ÊTRE À SES CÔTÉS, DE PLUS EN PLUS...
PEUT-ÊTRE...
SERAIT-IL PLUS CORRECT DE LE CONSIDÉRER COMME UN AMI ?
SAUF QUE LE JOUR OÙ IL M'A SAUTÉ DESSUS, J'AVOUE QUE ÇA M'A TROUBLÉ...

JE NE VEUX PAS TE MÊLER À MES HISTOIRES...
JE NE SUIS PAS ASSEZ VACHE POUR T'ABANDONNER ICI, PAUVRE IDIOT !
RYÔTA...
MERCI...
TASUKU...
J'ADORE TON BEAU SOURIRE...
SI TU SAVAIS COMBIEN TU ME PLAIS...

HAH
HAH
HAH
C'EST UN VRAI DÉFILÉ, MA PAROLE !
HÉÉÉ !
ON DIRAIT LE JOURNALISTE QUI ATTENDAIT DEVANT LE BAHUT, REGARDE !
BAH !
TSSSS
ILS M'ONT REPÉRÉ EN VÉRIFIANT QUELLE ÉTAIT LA GARE LA PLUS PROCHE DU LYCÉE...
RYÔTA,
ON VA SE SÉPARER ICI, MOI, JE VAIS À PIED JUSQU'À LA PROCHAINE GARE.
JE VIENS AVEC TOI !

HAH
HAH
HAH
HAH
ON LES A SEMÉS ?
GASHANG
TASUKU MIZUOCHI ? MONTE, ON VA CAUSER TOUS LES DEUX.
GRAB
JE N'AI RIEN À DIRE CONCERNANT MON DON EN QUESTION !
BARF
MAIS...
DASH
...

VOUS AVEZ RÉFLÉCHI DEPUIS L'AUTRE JOUR ?
LES AUTRES ONT COMMENCÉ À SE MANIFESTER ET ON N'AIMERAIT PAS SE FAIRE GRILLER NOTRE TOUR.
JE N'AI PAS L'INTENTION DE RÉPONDRE À VOS ATTENTES, ALORS DU BALAI !
SMURF
RYÔTA, ON COURT.
D'ACCORD.
HÉ !
DASH
ATTENDEZ !
On vous a attendus tout ce temps !

キョロ
HUMP HUMP
キョロ
TU CROIS QUE... C'EST BON ?
Je ne vois personne
AH, LE VOILÀ ENFIN !
ガサッ
FRISH
On s'est donnés du mal.
HEUREUSEMENT QU'ON SAVAIT L'HEURE À LAQUELLE SE TERMINAIT LEUR ENTRAÎNEMENT, ON AURAIT ATTENDU POUR RIEN, SINON.
Youpi !
HUMP HUMP
パン
PAF PAF
パン
ON A BIEN FAIT DE L'ATTENDRE ICI !
J'ai eu raison d'être prudent.

Salut !
J'ai faim
On va dîner ?
HUM...
JE PASSE PAR DERRIÈRE, JE N'AI PAS ENVIE DE ME RETROUVER NEZ À NEZ AVEC CEUX QUI FONT LE PIED DE GRUE DEVANT LE PORTAIL.
Salut !
HEIN ?
TASUKU, JE T'ACCOMPAGNE !
Tu y crois, toi ?
JE POURRAIS LES ACCOMPAGNER, MOI AUSSI, MAIS...
JE RISQUE DE LES DÉRANGER, TOUT COMPTE FAIT.
C'est BON, je n'ai pas envie de t'attirer des ennuis.
J'ai dit, je viens !
RENTREZ BIEN, TOUS LES DEUX !
À demain !
GLOUPS !
OUI, OK.
Salut !
...

EN FAIT...
QUAND IL S'EST RETROUVÉ SUR MOI, J'AI EU DES SENSATIONS ET JE L'AI MÊME TROUVÉ TRÈS SEXY.
SI AVEC ÇA IL N'A PAS ENCORE COMPRIS QU'IL L'AIMAIT...
QUAND UN MEC TE SAUTE DESSUS, ON NE SE RAIDIT PAS, MAIS ON SE FLÉTRIT, SI TU VOIS CE QUE JE VEUX DIRE.
HAH
HAH
BAF
HEY
AH BON, SÉRIEUX ?
C'était pas mon cas...
YAAH
BOF
IL N'ARRÊTAIT PAS DE DIRE QU'IL ÉTAIT INCAPABLE D'ADMETTRE SES PROPRES SENTIMENTS.
QUANT À TOI, TU FERAIS MIEUX DE PRENDRE TON TEMPS POUR LUI RÉPONDRE.
JE NE PEUX PAS NON PLUS TROP TRAÎNER.

ÇA VOUDRAIT DIRE... QUE JE L'AIME AUSSI ?
NON, JUSTEMENT... JE SUIS EN PLEINE RÉFLEXION.
MAIS TU PENSES QUE... ?
BEN OUI, SINON, COMMENT EXPLIQUES-TU QUE TU NE TE SOIS PAS ÉLOIGNÉ APRÈS TOUS CES COUPS ?
Tu le colles toujours...
PERSONNELLEMENT, JE L'AURAIS ENVOYÉ BALADER DEPUIS LONGTEMPS !
SPAF
SHHHT
SBAF
TU AS RAISON, JE CROIS BIEN QUE JE L'AIME...
MAIS JE NE SAIS PAS À QUEL POINT.
GRAP

CE N'EST PAS PARCE QU'IL T'A FAIT SA DÉCLARATION QUE TU NE DOIS PLUS LE REGARDER !
BLARF
HEIN ?
JE PEUX SAVOIR COMMENT TU ES AU COURANT ?
J'AI DES DONS DE VOYANCE.
JE BLAGUE.
JE SUIS SON CONFIDENT ET SON CONSEILLER LE PLUS FIDÈLE.
PUISQUE VOS SENTIMENTS SONT RÉCIPROQUES, JE LUI AI DIT DE FONCER.
Bon, ok, t'es un mec...
Prêt pour le kumité ?
Allez, on va se faire jeter sinon
HOP
QUOIII !?

HAH
SBARF
HA
HA
BAF
BAF
HUMP
HUMP
On regarde son partenaire quand on se bat !
C'est la base du karaté.
Il n'entend rien...

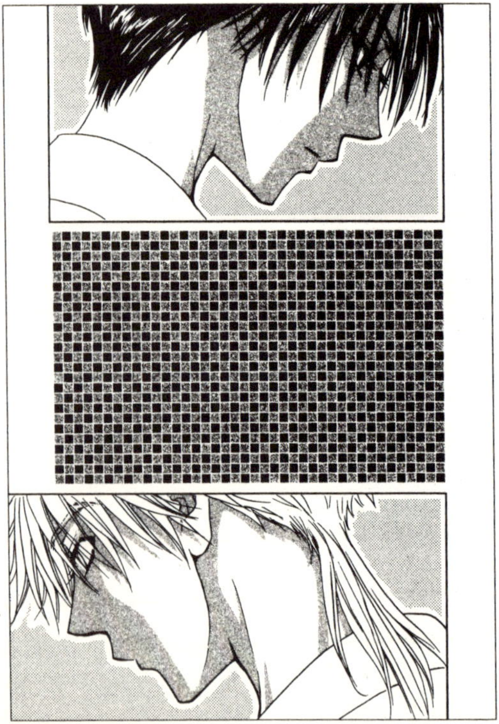

TASUKU… JE N'EN SUIS PAS SÛR, MAIS IL ME SEMBLE AVOIR VU DES JOURNALISTES À L'ENTRÉE DU BAHUT.
QUOI ?
ILS VONT TOUS S'Y METTRE…
TU CROIS QU'ILS VONT ME COURIR APRÈS ?
TASUKU…

JE SUIS AU COURANT DE L'HISTOIRE. IL PARAÎT QUE TU PORTES CHANCE ?
SI C'EST LE CAS, JE SOLLICITE TON AIDE. JE VEUX DEVENIR ACTEUR...
ENCORE UN QUI DÉBARQUE TOUT DROIT DU MILIEU DU SHOW-BIZ !
FICHE-MOI LA PAIX !
バ
BAF
シッ
BAF
HÉ !
RYÔ, ON PIQUE UN SPRINT !
J'ARRIVE !
ダッ…
DASH
MAIS, ATTENDS !
Ten va pas !
Oh non...
Mizuochi !

MAIS ATTENDS-MOI, MIZUOCHI !
EH HOOOO !
Héé !
Je dois te parler !
Pfff
ギャーギャー
GYAH
On s'en fiche de toi, imbécile !
Du Balai !
Tu te prends pour qui ?
Fichez-nous la paix
ギャーギャー
GYAH
ブツ
GNAGNAGNA
ブツ
Qu'est-ce qu'elles sont lourdes...
HÉ !
PAS SI VITE !
TU ES MIZUOCHI, C'EST ÇA ?
GRAB
ガッ

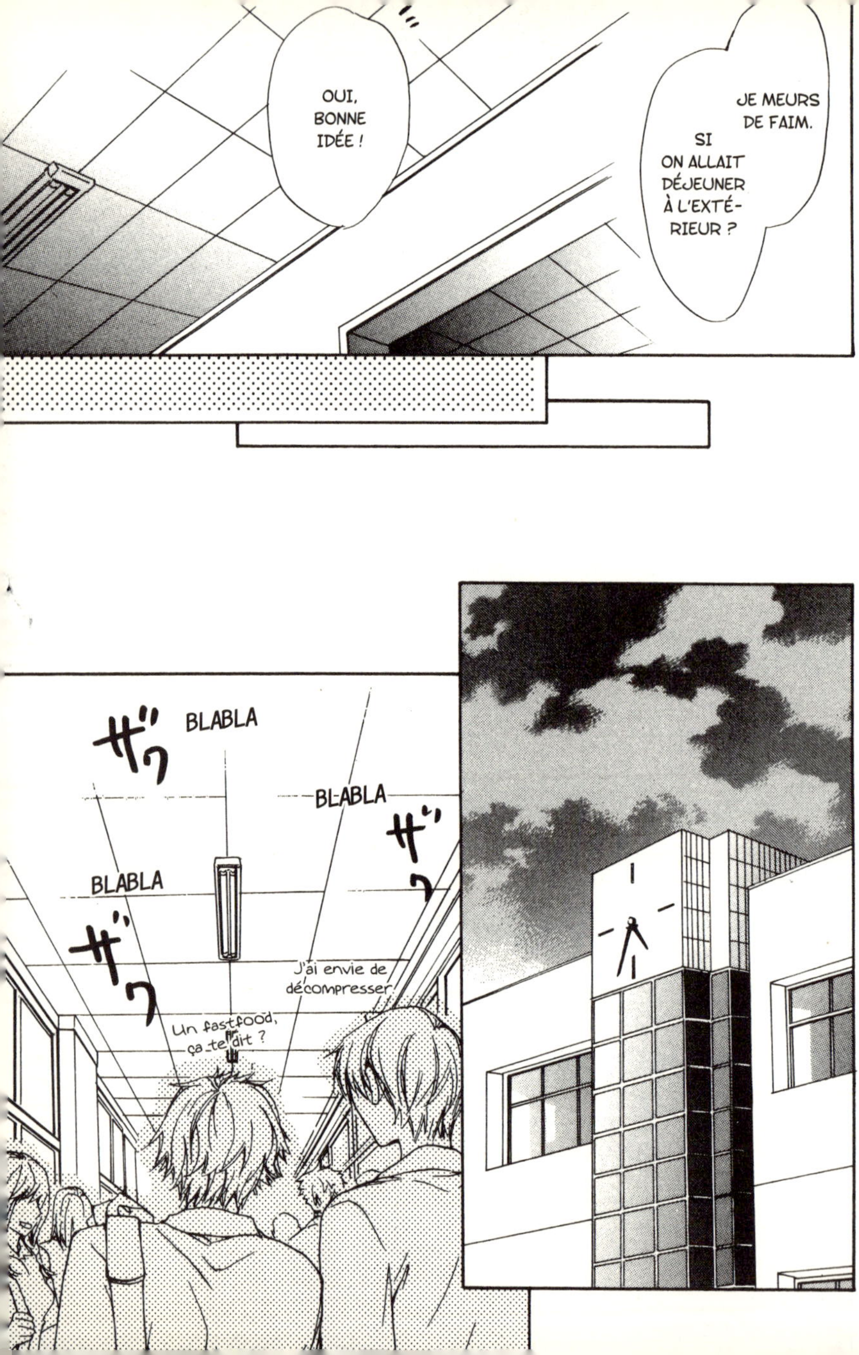
JE MEURS DE FAIM.
SI ON ALLAIT DÉJEUNER À L'EXTÉ-RIEUR ?
OUI, BONNE IDÉE !
ザワ
BLABLA
BLABLA
ザワ
BLABLA
ザワ
J'ai envie de décompresser.
Un fastfood, ça te dit ?

... QUE TU SOIS MON AMOUREUX.
DIS-MOI SI JE PEUX FAIRE AUTRE CHOSE POUR TOI !
MAIS...
AUTRE CHOSE... ?
OUI ?
TANT QU'IL NE SAURA PAS CE QU'IL VEUT FAIRE DE MES SENTIMENTS,
JE NE PEUX PAS LUI IMPOSER CES PAROLES.
NON,
PAS POUR LE MOMENT.

JE NE M'ATTENDAIS PAS À CE GENRE DE PROPOSITION.
MERCI.
WOUAH
Il sourit !
NE TE PRENDS PAS LA TÊTE POUR ÇA.
JE NE VEUX PAS QUE TU PASSES TON TEMPS À FAIRE DES ALLER-RETOUR ENTRE NOS SALLES DE CLASSE TOUS LES MIDIS.
MAIS...
JE ME DÉBROUILLERAI...
J'AIMERAIS SEULEMENT...

JE ME DEMANDE SI UN JOUR ELLES ME LÂCHERONT LA GRAPPE.
ふー…
PFOUH
TU AS L'AIR ÉPUISÉ.
ELLES ME SAUTENT DESSUS TOUS LES MIDIS, IL Y A DE QUOI ÊTRE FATIGUÉ.
...
TU VEUX QUE JE VIENNE T'EN DÉBARRASSER LE MIDI ?
TU N'ARRIVERAS JAMAIS À TENIR LE COUP, SINON.
BAH...

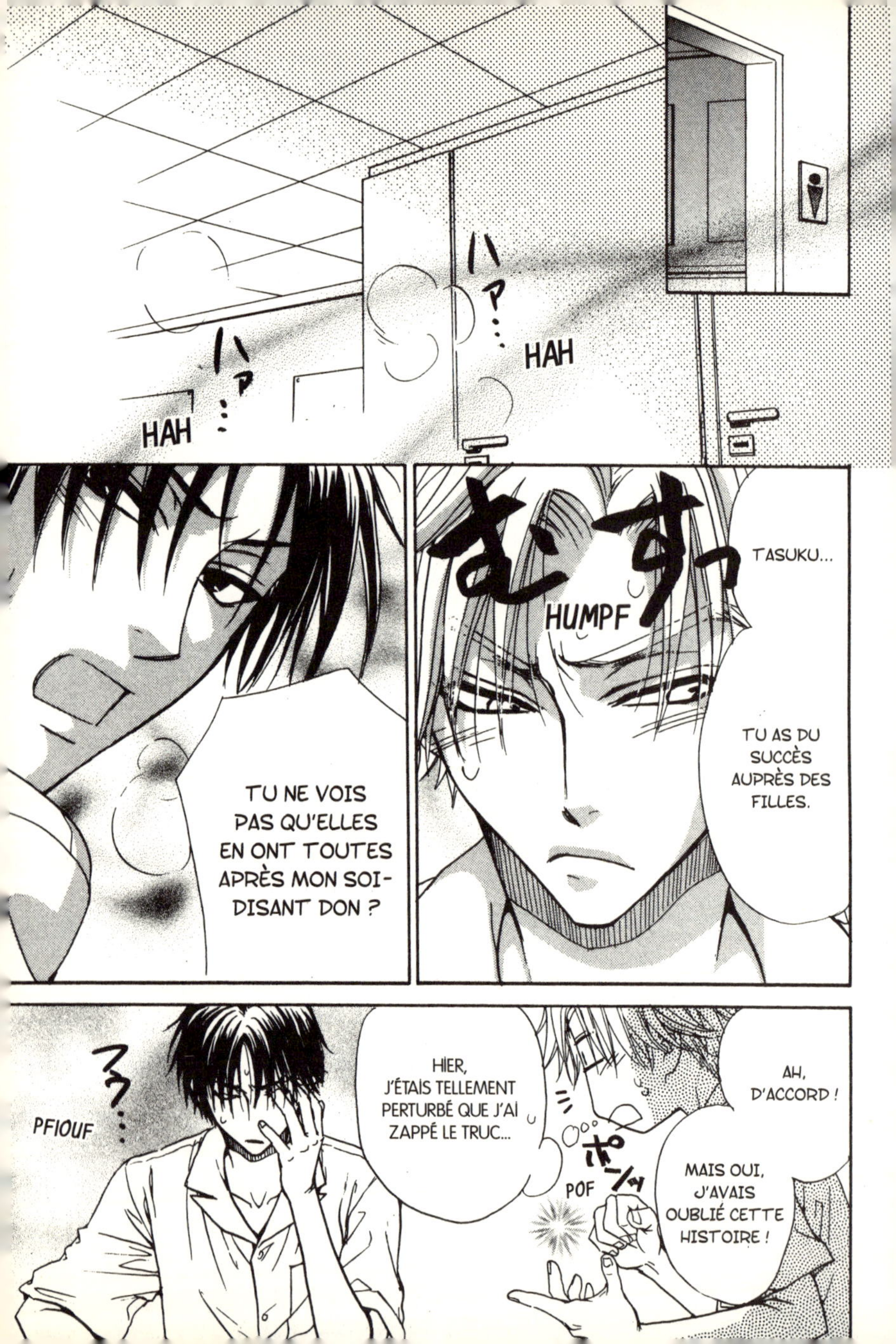
ハア…
HAH
ハア…
HAH
むすっ
HUMPF
TASUKU...
TU AS DU SUCCÈS AUPRÈS DES FILLES.
TU NE VOIS PAS QU'ELLES EN ONT TOUTES APRÈS MON SOI-DISANT DON ?
AH, D'ACCORD !
MAIS OUI, J'AVAIS OUBLIÉ CETTE HISTOIRE !
ポンッ
POF
HIER, J'ÉTAIS TELLEMENT PERTURBÉ QUE J'AI ZAPPÉ LE TRUC...
ふう…
PFIOUF

TASUKU !
RYÔTA !
QU'EST-CE QUE TU FAIS AU MILIEU DE TOUTES CES...
ON SE CASSE !
STAMB
HEIN ?
HÉ, MAIS ATTENDS-MOI !
MIZUOCHI !
DAM DAM DAM DAM

KYAH
きゃあ
HÉ, MIZUOCHI !
Ouh ouh !
KYAH
きゃあ
C'EST JUSTE HISTOIRE D'ESSAYER, ALLEZ !
Hihihi
KYAH
きゃあ
ATTENTION !
ARRÊTEZ DE ME SUIVRE !
Mizuochi !
Eh ho !
Attends !
GRRRRR
ムッ
MAIS QU'EST-CE QU'IL FICHE ENTOURÉ DE TOUTES CES NANAS EN FOLIE ?
C'EST MOI QUE TU AIMES, PAS VRAI ?

HMM
HMM
JE NE VOIS PAS TASUKU...
SI J'ALLAIS LE REJOINDRE ?
HUMP HUMP
ÔNO, TU NE MANGES PAS ?
On va te piquer ton déjeuner !
HEIN, SI...
BON, JE VAIS LE REJOINDRE.
J'AI UN TRUC À FAIRE D'ABORD.
GATAH

DÉSOLÉ POUR CE MOMENT D'ÉGAREMENT, JE PENSE VRAIMENT À TA QUESTION...
EST-CE QUE JE SUIS...
HMMMM
ボワワンッ
FWANG
AH...
RARGH ! OH, NON, PAS ENCORE CETTE IMAGE !
ブンブン
VOUM VOUM
キーンコーン
カーン
DING DONG DING DONG
コーン
ザワ
BLABLA
BLABLA
BLABLA
ザワ
ザワ
On se fait un foot ?
On mange où ?
Aucune idée
Naaan...
Si, si...

IL A DIT QU'IL CONTINUERAIT À ME SÉDUIRE.
VA-T-IL ENCORE ME MONTRER D'AUTRES FACETTES DE LUI ENCORE PLUS CRAQUANTES ?
J'AI TROP AIMÉ SON CÔTÉ GLAMOUR...
FWANG
J'AI HÂTE DE CONNAÎTRE LA SUITE...
HAH
NON, MAIS JE RÊVE ! QU'EST-CE QUI ME PREND ?
JE DOIS RÉFLÉCHIR AU PROBLÈME SÉRIEUSEMENT. À SAVOIR SI OUI OU NON JE SUIS EN MESURE DE RECEVOIR SON AMOUR !

TASUKU ?
IL ME FAIT QUOI, LÀ ?
DOBLONG DOBLONG
Il se pose sur mon dos...
FWAH
J'AI BIEN LE DROIT, NON ?
SSSLLLT
C'EST TROP MIMIIIIII !
BAM BAM BAM BAM
IL N'Y A PAS D'AUTRES MOTS POUR DÉCRIRE CETTE SITUATION !
Si ?
Ô no...
Il disjoncte

SALUT ...
ぎくしゃく
GRUMBLL
BON, ON Y VA ?
ドキ
TODOM
TODOM
HAH
Il sourit !
POF
RYÔTA.

WAAAAAAAAAAAH !
Wah !
Wah !
Wah !
Wah !
GATAAAM
T'as un problème ?
Oups
Hein ?
Ça va, Ôno ?
C'ÉTAIT CARRÉMENT INATTENDU...
JE NE L'AVAIS JAMAIS VU SOUS CET ANGLE SI SEXY...
Sans parler de ce matin..
SALUT, JE SUIS VENU TE CHERCHER.
Comme tu me l'as demandé.

ザワ
BLABLA
ザワ
ザワ
BLABLA
はー…
HAAAA
DEPUIS HIER, JE SUIS DANS UN ÉTAT D'EXCITATION INCROYABLE...
TASUKU A ÉTÉ SI IMPRÉVISIBLE AVEC SA DÉCLARATION, JAMAIS JE N'AURAIS IMAGINÉ ÇA.
Et moi qui pensais qu'il me haïssait...
ボワンッ
PWANG

JE LUI AI OUVERT MON CŒUR.
OK POUR LA DÉCLARATION, MAIS APRÈS, TU L'AS FLANQUÉ PAR TERRE...
Je comprends bien ton impatience
Mais ce n'est pas un peu brutal ?
À MON AVIS, IL AURAIT D'ABORD FALLU LE SÉDUIRE ET ENSUITE...
Enfin, tu vois ?
LÀ, T'AVANCES DE 3 PAS ET TU RECULES DE 2...
EN FAIT.
JE LUI AI DIT QUE JE NE LE LÂCHERAIS PAS UNE SEULE MINUTE.
Je me suis un peu trop retenu, à mon goût.
Oh... impression-nante motivation !
MINE DE RIEN, TU AS QUAND MÊME PROGRESSÉ. FÉLICITATIONS.
MERCI...

OH, BAH, MINCE ALORS...
JE CROIS QUE JE NE SUIS PAS MÉCONTENT.
houlalala...
BLABLA
Salut
Bonjour
BLABLA
DONC, VOILÀ...

BON, D'ACCORD… ON S'EN TIENT LÀ POUR LE MOMENT.
OUF…
MAIS DÈS DEMAIN, JE PASSE AU PLAN DE SÉDUCTION INTENSE, COMPRIS ?
SLUMB
ずいっ
HAH
ON IRA À L'ÉCOLE ENSEMBLE.
TU AS INTÉRÊT À VENIR ME CHERCHER.
OUI, OUI…
HA HA HA
…
LÀ, C'EST TOUJOURS ÇA DE PRIS.
スッ
SSSST
CHU

... J'AI BIEN L'INTENTION DE ME MONTRER TRÈS ENTREPRENANT JUSQU'À CE QUE TU ACCEPTES UNE LIAISON AMOUREUSE !
QUOIII ?
DONC VOILÀ, PASSONS AUX CHOSES SÉRIEUSES.
HEEEEEIIIIIINNNN !?
CLACK
UNE PETITE MINUTE ! UNE AUTRE FOIS, PAS AUJOURD'HUI !
TU VIENS TOUT JUSTE DE ME FAIRE TA DÉCLARATION, LAISSE-MOI LE TEMPS DE M'Y PRÉPARER PSYCHOLOGIQUEMENT !
...

Euh...
COMMENT DIRE...
SACHE QUE JE T'AIME BEAUCOUP, TASUKU.
MAIS JE NE SUIS PAS SÛR DE POUVOIR ASSUMER UNE RELATION AMOUREUSE.
ÇA NE TE PLAÎT PAS, C'EST ÇA ? TU VAS ME FAIRE LA TÊTE ?
TANT QUE CETTE SITUATION NE TE DÉGOÛTE PAS, JE SERAI TRÈS HEUREUX.
FFFF
NON...
ÇA ME CONVIENT.
ET PUIS...

PENSE À TA CHANCE DE GAGNER LE GROS LOT.
PLOC
CE N'EST PAS MA PRIORITÉ !
GABAH
SÉRIEUX ?!
TU POSES LES MAUVAISES CONDITIONS, JE TE SIGNALE.
JE TE PROMETS DE NE PLUS ME MONTRER VIOLENT...
AH...
PERDRE AU JEU N'ÉTAIT RIEN COMPARÉ À MES COUPS ?
Je suis désolé...
EN FAIT, JE SUIS CONTENT DE NE PLUS AVOIR À SOUFFRIR...
HA HA HA

EN RÉALITÉ,
JE N'AI JAMAIS VOULU ÊTRE VIOLENT AVEC TOI.
JE NE CHERCHAIS QUE DES CONTACTS.
TANT PIS SI JE DEVAIS M'EXPRIMER AVEC LA FORCE.
TASUKU...
RYÔTA, ACCEPTES-TU DE SORTIR AVEC MOI ?

JE NE SAIS PAS...
J'EN AI TELLEMENT SOUFFERT JUSQU'À PRÉSENT.
JE N'AVAIS AUCUN ESPOIR DE VIVRE QUELQUE CHOSE AVEC TOI.
J'AI TOUT FAIT POUR NE PAS TRAHIR MES SENTIMENTS...
TOUT CE QUE JE PEUX DIRE...
C'EST QUE MON CŒUR S'EMBALLAIT DÈS QUE TU T'APPROCHAIS DE MOI.
J'AVAIS TELLEMENT ENVIE DE POSER MES MAINS SUR TOI...
PLUS JE TE BRUTALISAIS PLUS TU TE RAPPROCHAIS DE MOI ET J'ÉTAIS HEUREUX À CE MOMENT-LÀ.
...
Je n'aurais jamais deviné que derrière tous ces coups se cachaient de tels sentiments...

LOIN DE MOI, L'IDÉE DE TE METTRE DANS LE MÊME SAC QUE LES AUTRES.
J'AI PENSÉ QUE TU AURAIS LES MÊMES INTÉRÊTS QU'EUX...
... QUE TU TE SERAIS CONTENTÉ D'UN MEC RIEN QUE POUR OBTENIR CETTE CHANCE TANT CONVOITÉE...
JE N'AI PAS TROUVÉ D'AUTRE EXCUSE POUR QUE TU M'ACCEPTES.
GRATT
BON, D'ACCORD, MAIS...
ÇA T'AURAIS VRAIMENT PLU DE M'AVOIR DE CETTE MANIÈRE ?

LÂCHE-MOI !
BLAMB
ばんっ
CRAAAAAK
ぐぐぐ…
SPOF
どた
JAMAIS !
ばた
SDAM
おさえ込み。
OSAEKOMI !*
*IMMOBILISATION
CE N'EST PAS CE QUE TU CROIS…
D'ACCORD…
MAIS… DESSERRE TA PRISE…
Tu me fais mal…
EUH…
S'IL TE PLAÎT, ÉCOUTE CE QUE J'AI À TE DIRE…
ぎゅっ
COUIC
UUUURGH
Je suis à l'agonie…

JE RENTRE !
BLAT
NON !
ATTENDS !
SHIFT
POF
WOUAAAH !
SDENG
STAP

ALORS COMME ÇA, TU ME METS DANS LE MÊME SAC QUE LES AUTRES ?
À TES YEUX, JE SUIS COMME CES MINABLES DU SHOW-BIZ ET CES FILLES POUR QUI TU EXISTES SOUDAINEMENT PARCE QUE TU AURAIS UN DON PARTICULIER !
RYÔ...
PFLLL
PAS LA PEINE DE ME DIRE QUE TU M'AIMES, DANS CE CAS.
ÇA ME FAIT PLUS MAL QU'AUTRE CHOSE.
TU SAIS...
TU AS FAIT UN HEUREUX, AUJOURD'HUI, EN M'INVITANT À RENTRER AVEC TOI...
J'AI ESPÉRÉ TE RETROUVER À NOUVEAU, COMME AUTREFOIS...
MAIS...

RAPPELLE-TOI CE QU'ILS ONT DIT, HIER.
JE SUIS LE FILS DE LA «PORTEUSE DE CHANCE» ET J'AI PEUT-ÊTRE HÉRITÉ DE SON DON.
OUI...
MAIS SI C'EST LE CAS, JE VAIS POUVOIR TE FAIRE GAGNER AU LOTO.
J'IGNORE, EN FAIT, SI JE L'AI VRAIMENT.
JE PENSE QUE C'EST UNE AFFAIRE QUI DEVRAIT ROULER POUR TOI, NON ?
AH OUAIS...

SORS AVEC MOI !
TU VEUX QUE......
... QU'ON «SORTE» ACHETER UN BILLET DE LOTERIE, C'EST ÇA ?
ENFIN, NON, CE N'EST PAS CE QUE TU VOULAIS DIRE, JE SUPPOSE !
ALORS, C'EST VRAI ?
JE PEUX LE PRENDRE DANS CE SENS-LÀ ?

JE N'AVAIS PAS L'INTENTION DE TE DÉVOILER MES SENTIMENTS.
MAIS J'AVAIS UNE CARTE À JOUER.
RYÔTA.
COMMENT ÇA ?
TU AS TOUJOURS CETTE PASSION DE JOUER AU LOTO, PAS VRAI ?
TU SERAIS HEUREUX DE GAGNER, NON ?
HEIN ?
BAH, OUI, QUAND MÊME...
Qu'est-ce qui te prend ?
RAISON DE PLUS POUR SORTIR AVEC MOI !
DE QUOI ?
Je peux savoir ce qui te pousse à me dire ça ?

JE NE VOULAIS PAS ADMETTRE QUE J'ÉTAIS AMOUREUX D'UN TYPE AUSSI MINABLE QUE TOI.
T'es nul au karaté, t'as rien dans le crâne...
TASUKU, ALORS COMME ÇA, TU ES VRAIMENT AMOUREUX DE MOI ?
Eh ho
EN FAIT, JE PRÉFÉRAIS QUE TU FINISSES PAR ME DÉTESTER.
COMMENT VEUX-TU QUE DES SENTIMENTS ÉVOLUENT DANS UNE RELATION ENTRE MECS ?
ET PUIS, JE N'AVAIS PAS LA FORCE D'ESPÉRER QUOI QUE CE SOIT...
JE M'EN VOULAIS ET JE SOUHAITAIS QUE TU T'ÉLOIGNES DE MOI... VOILÀ POURQUOI JE N'ÉTAIS PAS TENDRE AVEC TOI.
MAIS POURQUOI ?

NOOOOON, SÉRIEUX ?
JE SUIS TRÈS SÉRIEUX !
ÇA EXPLIQUE MON ENVIE CHARNELLE POUR TOI, NON ?
L'ENVIE...
...CHARNELLE.
L'ENVIE CHARNELLE ?
J'AVAIS REMARQUÉ, MAIS...
JE NE PEUX PAS LE CROIRE.
TU AS TOUJOURS ÉTÉ FROID ET INDIFFÉRENT !
TU N'ARRÊTAIS PAS DE ME LANCER DES PIQUES, DE ME FRAPPER, DE ME DONNER DES COUPS DE PIED ET...
CE N'EST PAS UNE ATTITUDE QU'ON A FACE À QUELQU'UN QU'ON AIME !

DÉSOLÉ...
JE N'AI PAS SU ME CONTRÔLER...
AH... BAH... euh...
JE N'AI PAS SU MAÎTRISER MON CORPS.
MAIS JE PENSE QUE TU AS COMPRIS.
JE SUIS AMOUREUX DE TOI.
HEIN...

TODOM
ドキ…
TODOM
ドキ…
TODOM
ドキ…
SSSSST
すっ…
ON DIRAIT...
QU'IL A DE PLUS EN PLUS CHAUD.
ビクンッ
HAN
AH...
FUH...
AH AH AH
HM...
HAH
HAH
ハァ
ハァ
HAH
ハァ
IL A JOUI, C'EST ÇA ?
VOILÀ QUE J'EN AI ENVIE, MOI AUSSI, C'EST MALIN...
Zut...

ハア
HAH
ハア
HAH
ハア
HAH
ゴク…
GLURP
IL EST VACHEMENT SEXY, LE GARS...
JE N'AVAIS JAMAIS REMARQUÉ.
ET POURTANT, ON SE CONNAÎT DEPUIS SI LONGTEMPS...
C'EST NORMAL. ENTRE POTES, ON N'A PAS SOUVENT L'OCCASION D'ÊTRE CONFRONTÉS À CE GENRE DE SITUATION...
HAHAHA

HM...
SLIRF
AH !
SLIRF
SLIRF
SLIRF
FUH
HA...
BON SANG, IL SE FROTTE CONTRE MA CUISSE !
JE LUI DIS D'ARRÊTER OU QUOI ?
HUMPF
HUMPF
LE PAUVRE, JE NE PEUX QUAND MÊME PAS LE STOPPER DANS SON ÉLAN DE JOUISSANCE...
JE PARLE EN CONNAISSANCE DE CAUSE !
BREF, ATTENDONS QU'IL AIT TERMINÉ...

NON... JE SENS UN TRUC TOUT DUR...
HAH
ALORS COMME ÇA, IL NE JOUE PAS AU CON ?
HAH
HAH
IL M'A POUSSÉ INTENTIONNELLEMENT POUR... ?
JE N'Y COMPRENDS PLUS RIEN.
POURQUOI EST-CE QU'IL BANDERAIT ?
ET MOI, QU'EST-CE QUE JE SUIS SUPPOSÉ FAIRE ?

JE CROIS BIEN QU'IL EST EN TRAIN DE ME ROULER UNE PELLE. JE NE SUIS PAS FOU, QUAND MÊME !
MAIS POURQUOI ?
IL VEUT SE MOQUER DE MOI ! OU ALORS, IL EST EN TRAIN DE FAIRE LE CON !
IL FAUT QU'IL ARRÊTE...
GROUIC
SSST
AH...
HEIN ?

TASUKU ?
IL VA ME FRAPPER ?
POURQ...
... !?

HEIN ?
TU VOULAIS ME DIRE QUOI, AU JUSTE ?
ALORS ?
IL VA ME DIRE QU'IL ME HAÏT PLUS QUE TOUT...
SSSSST
GRIP
POUF
WOUAH...

EUH...
OUI.
ZLAF
ÇA FAISAIT LONG-TEMPS
SSSSST
QUE JE VOULAIS TE DIRE UN TRUC.

ME VOILÀ CHEZ LUI APRÈS QU'IL M'AIT PROPOSÉ DE L'ACCOMPAGNER MAIS IL N'A PAS DÉCROCHÉ UN SEUL MOT...
Que faire ?
Il ne BOUGE pas.
ピクッ
GLURP
EUH, TASUKU ?
TU VOULAIS ME PARLER, JE CROIS.

IL Y A CERTAINEMENT EU UNE ERREUR DE CALCUL, MAIS DEPUIS GAMIN JE SUIS AMOUREUX DE RYÔTA ÔNO.
SAUF QUE JE N'AI AUCUNEMENT L'INTENTION DE LUI FAIRE UNE DÉCLARATION.
UNE RELATION ENTRE MECS EST SANS ESPOIR, QUOI QUE L'ON DISE.
MAIS SI JE SUIS VRAIMENT CAPABLE D'APPORTER LA CHANCE À MON PROCHAIN,
ALORS, CE SERA UN BON PRÉTEXTE POUR...

IL PARAÎT QUE MA MÈRE ÉTAIT UNE FEMME «PORTEUSE DE CHANCE».
ET MOI QUI SUIS SON FILS, IL EST FORT PROBABLE QUE J'AI HÉRITÉ DE CE DON (EST-CE UNE PARTICULARITÉ ?)

JE SUIS TELLEMENT HEUREUX QUE TU ME PROPOSES ÇA.
LAISSE-MOI REDESCENDE SUR TERRE.
TU NE SERAIS PLUS AUSSI CONTENT
SI TU SAVAIS CE QUE JE MANIGANCE...
COMME TU LE DIS SI BIEN.

J'AI À TE PARLER. SUIS-MOI !
QUOI ?
TU VEUX... ME PARLER ?
TU VEUX QU'ON RENTRE ENSEMBLE ?
OUI.
Vraiment ?
ÇA ALORS, D'HABITUDE TU NE DAIGNES MÊME PAS M'ADRESSER LA PAROLE.
ET EN PLUS, TU ÉVITES AUSSI DE ME REGARDER...
BON, ÉCOUTE, TU VEUX OUI OU NON RENTRER AVEC MOI, TOUT DE SUITE ?
EUH...
J'ARRIVE, J'ARRIVE, JE RENTRE AVEC TOI !

Zut, je voulais lui parler...
Moi, j'ai pas osé l'aborder.
FSHH FSHH
Il est passé où ?
Personne.
HÉ !
TASUKU !
JE TE CHERCHAIS... IL PARAÎT QUE TU AS DES SOUCIS ?
RYÔTA !

IL A VRAIMENT PAS BESOIN DE ÇA POUR ATTIRER LA CHANCE...
ざわ
BLABLABLA
ざわ
BLABLABLA
ざわ
BLABLABLA
ズーン ズーン ズーン
DZOUM DZOUM

JE SUIS SANS CESSE EN TRAIN DE LUI TAPER DESSUS ET EN PLUS, N'OUBLIE PAS QUE C'EST UN MEC, COMME MOI !
JE NE PEUX PAS LUI DIRE EN FACE !
CE DON REPRÉSENTE POUR MOI LA CARTE JOKER, LA GOLD CARD PORTE-CHANCE ! C'EST LA CLÉ DE MA RÉUSSITE.
JE SUIS PERSUADÉ DE GAGNER À TOUS LES COUPS !
KATSUYAMA !
JE ME CASSE, TU PRÉVIENDRAS LE PROF PRINCIPAL DE MON ABSENCE ET DE CELLE DE RYÔTA PAR LA MÊME OCCASION !
RLAAAAH
ガラ
PLISH
IL NE S'EN REND PAS COMPTE...
MALGRÉ TOUS LES COUPS QU'IL LUI ALLONGE IL A TOUTES SES CHANCES DE LE SÉDUIRE...

MAIS SI TU VEUX MON AVIS, TU NE DEVRAIS PAS L'ATTIRER DANS TES FILETS EN LUI PARLANT DU «DON» QUE TU POURRAIS AVOIR.
APRÈS TOUT, C'EST TON CHOIX.
ぎゅっ
GNUT
SI RYÔTA PEUT M'APPARTENIR, ALORS OUI.
ÔNO EST PLUTÔT LE GENRE DE TYPE QUI NE SE POSE PAS DE QUESTIONS.
JE PENSE QUE TU AS TOUT INTÉRÊT À LUI DIRE SIMPLEMENT «JE T'AIME» EN FACE.
JE NE PEUX PAS...

TU LE FERAIS VRAIMENT ?
HEIN ?
SUPPOSONS QU'IL ACCEPTE. MAIS CE SERA UNIQUEMENT PARCE QUE TU L'AURAS APPÂTÉ.
TU ES SÛR DE POUVOIR ACCEPTER LA SITUATION SANS REMORDS ?
OUI...

TU PARLES DE LUI COMME S'IL ÉTAIT UN MEC VÉNAL QUI MORDRAIT À L'HAMEÇON RIEN QUE PAR INTÉRÊT.
PAS DU TOUT...
MAIS...
PFFFF
JE PEUX COMPRENDRE CE QUI TE POUSSE À AGIR DE LA SORTE.
TU N'AS VRAIMENT PAS CONFIANCE EN TOI, C'EST ÇA ?
TU AS TOUT COMPRIS !
QU'EST-CE QUE TU VEUX QUE J'ESPÈRE AVEC LUI, JE SUIS UN MEC !
BIEN QUE LES TYPES DE L'AUTRE FOIS ONT DIT QU'ILS S'EN FICHAIENT DU MOMENT QU'ILS DEVENAIENT CHANCEUX...
RYÔTA POURRAIT RAISONNER DE LA MÊME MANIÈRE ET ACCEPTER MA PROPOSITION...

LA VIE N'EST PAS AUSSI SIMPLE QUE TU LE CROIS.
ET PUIS, CE N'EST PAS SUR TOI QUE LA CHANCE VA AGIR, MAIS SUR LUI.
JUSTEMENT.
IL SERA UNE PROIE FACILE.
FUFUFUH
EN ME FRÉQUENTANT, IL VA POUVOIR GAGNER AU LOTO.
JE SUIS SÛR QU'IL NE VERRA AUCUN INCONVÉNIENT À SORTIR AVEC UN MEC, TU NE PENSES PAS ?
MIZUOCHI...
TU ES SÉRIEUX, LÀ ?
TU NE SOUS-ESTIMERAIS PAS TON ADVERSAIRE ?
MAIS PAS DU TOUT...

SAUF, SI JE POSSÈDE RÉELLEMENT CE DON. ALORS LÀ, ÇA CHANGE TOUT !
JE NE SAIS ABSOLUMENT PAS DE QUELLE MANIÈRE CE POUVOIR INFLUENCE LE COURS DES CHOSES
MAIS JE SAIS QU'IL PORTE CHANCE.
ET ON SAIT TOUS QU'IL PEUT APPORTER LE BONHEUR !
TU CROIS QUE JE PEUX FAIRE MA DÉCLARATION À RYÔTA ?
Si je possède ce don, j'entends.
TU CROIS QU'IL ACCEPTERAIT MES SENTIMENTS ?
Puisque je porte chance.
SI ON SE FRÉQUENTE, PERSONNE NE DIRA RIEN, PUISQUE NOTRE AVENIR EST ASSURÉ !
ATTENDS UNE PETITE MINUTE !
JE TROUVE TES DÉDUCTIONS UN PEU PRÉMATURÉES !

REGARDE, MÊME DANS UN COUPLE HÉTÉRO LES SENTIMENTS ONT DU MAL À PASSER, ALORS IMAGINE UN PEU ENTRE MECS !
IL N'Y A AUCUNE CHANCE POUR QUE CELA FONCTIONNE. CE SERA COMME UN SODA AUX FRUITS SANS FRUITS !
Oui, il n'y aurait...
que 3% de concentré de fruits ?
MÊME SI UN MIRACLE DEVAIT SE PRODUIRE ET QUE NOTRE AMOUR SOIT RÉCIPROQUE,
JE N'IMAGINE MÊME PAS LA VIE QU'ON AURA EN SUPPORTANT LES REGARDS DES AUTRES !
CETTE RELATION SERAIT VOUÉE À L'ÉCHEC. JE NE COMPTE NI SUR L'AMOUR RÉCIPROQUE NI SUR UNE RELATION STABLE.
ALORS COMMENT VEUX-TU QUE J'ENVISAGE QUELQUE CHOSE AVEC RYÔTA ?
CERTES, JE LE MALMÈNE, MAIS IL EST HORS DE QUESTION QU'IL S'APERÇOIVE DE QUOI QUE CE SOIT.
ALORS TANT PIS S'IL FINIT PAR ME DÉTESTER.
MIZUOCHI...

APRÈS UNE LONGUE RÉFLEXION,
IL N'Y A RIEN DE PLUS DIFFICILE DANS LA VIE QUE D'AIMER UN GARÇON.

...TU CROIS VRAIMENT QUE JE POSSÈDE CE DON ?
COMMENT TU VEUX QUE JE LE SACHE ?
POUR TE DÉFAIRE DE CETTE HISTOIRE, TU POURRAIS AVOIR UNE RELATION STABLE,
MAIS JE DOUTE DE L'EFFICACITÉ...
Il y a trop de candidats.
OU ALORS, TU POURRAIS TE TESTER POUR ÊTRE SÛR QUE TU ES PORTEUR DU GÈNE OU PAS.
HAH
ET SI...
ON SE REND COMPTE QUE JE L'AI ?
TU CROIS QUE JE POURRAIS SÉDUIRE RYÔTA ?

«LE FILS DE LA PORTEUSE DE CHANCE»...
JE ME DOUTAIS BIEN QUE D'AUTRES VIENDRAIENT M'ENNUYER AVEC ÇA.
MAIS JE NE PENSAIS PAS QU'ILS S'AMÈNERAIENT ICI...
L'AMBITION N'A JAMAIS EU DE LIMITE CHEZ CERTAINS.
TU VAS FAIRE QUOI, MAINTENANT ?
JE NE PEUX QUAND MÊME PAS PASSER MA VIE À ME PLANQUER DANS LES TOILETTES ?
IL FAUT TOUJOURS SE MÉFIER D'UNE FOULE EN DÉLIRE.
DIS...
On n'est pas à l'abri dans les WC des garçons.

J'AIMERAIS BIEN SAVOIR POURQUOI EST-CE QUE JE DEVRAIS ME FAIRE EMMERDER PAR DES GARS COMME EUX !
TRÈS PEU POUR MOI !
NE COMPTEZ PAS SUR MOI POUR EXAUCER VOTRE VŒU ET NE VOUS POINTEZ PLUS DEVANT MOI !
SAAP
TASUKU !
APPAREMMENT, TU ES SOUS LE CHOC, MAIS ON REVIENDRA.
SURTOUT PAS !
SI VOUS OSEZ REVENIR, C'EST À MOI QUE VOUS AUREZ AFFAIRE !
RYÔTA !
Viens, on se casse !

MAIS POUR Y PARVENIR, IL FAUT AVOIR DU TEMPS À PERDRE ET DE L'ARGENT.
GRÂCE À NOTRE CARRIÈRE QUI VA BIENTÔT DÉBUTER ET À L'ARGENT DE NOTRE FAMILLE, ON A PU ARRIVER LES PREMIERS.
On a fait appel à une agence de renseignements qui nous a fait une ristourne (haha)
LAISSEZ-MOI LE TEMPS DE COMPRENDRE...
IL SE POURRAIT QUE JE REÇOIVE ENCORE LA VISITE DE GARS COMME VOUS ?
OUI.
C'EST BIEN POUR ÇA QU'ON INSISTE.
GASP
EUH, TASUKU ?
Ça va ?

VOUS ÊTES SÉRIEUX ?
MÊME SI ON SUPPOSE QUE MA MÈRE POSSÉDAIT CE DON,
CROYEZ-VOUS VRAIMENT QU'ELLE POURRAIT ME L'AVOIR TRANSMIS ?
ET JE SUIS UN MEC, PAS UNE NANA !
ON NE S'ATTEND À RIEN, À VRAI DIRE.
ON NE SAIT PAS SI TU AS CE DON, MAIS AU CAS OÙ, ON PRÉFÈRE ÊTRE LES PREMIERS SERVIS.
ET PUISQU'ON EST LES PREMIERS À T'AVOIR TROUVÉ, ON TE GARDE.
COMMENT ÇA ?
TU N'AS PAS ÉCOUTÉ ? ON NE PARLE QUE DE ÇA AUTOUR DE NOUS.
IL N'Y A PAS PLUS ENTÊTÉ QUE CELUI QUI PART À LA QUÊTE DE SA CHANCE.

QUOI ?!
JE PENSE QU'ON SERAIT TOMBÉ SUR UNE DAME MURE SI ON L'AVAIT RETROUVÉE, MAIS ON A VOULU CHERCHER PLUS LOIN.
VOUS N'AVEZ PAS PERDU VOTRE TEMPS, DITES DONC...
IDIOT ! LE JOUR DE LA DIFFUSION NE CORRESPOND PAS À CELUI DE L'ENREGISTREMENT.
C'était pas en direct ?
ON S'EST DIT QUE PEUT-ÊTRE ELLE AURAIT EU DES ENFANTS DOTÉS DU MÊME DON (?).
ON A ÉTÉ UN PEU DÉÇUS EN APPRENANT QU'ELLE ÉTAIT DÉCÉDÉE ET QU'ELLE N'AVAIT QU'UN FILS.
MAIS FINALEMENT, ON A VOULU VOIR À QUOI IL RESSEMBLAIT.
ON SERA BIENTÔT RECONNUS COMME UN GROUPE PROFESSIONNEL, MAIS ON AIMERAIT BIEN ASSURER NOS ARRIÈRES.
C'EST POUR ÇA QU'ON S'ADRESSE À CELUI QUI EST NÉ SOUS UNE BONNE ÉTOILE.

EN FAIT, ILS SONT ALLÉS VÉRIFIER SI VRAIMENT TOUTES LES FEMMES AYANT CE PRÉNOM ÉTAIENT PORTEUSES DE CHANCE.
IL S'EST AVÉRÉ QUE LA FAMEUSE YÛKO ÉTAIT LA MÊME PERSONNE.
DANS NOTRE MILIEU ON NE PARLE PLUS QUE ÇA !
ILS SONT TOUS À SA RECHERCHE.
IL Y A DE QUOI !
C'EST UNE VRAIE POULE AUX OEUFS D'OR POUR CELUI QUI RÊVE DE DÉCROCHER LE MAGOT.
BON, ADMETTONS... MAIS POURQUOI C'EST À LUI QUE VOUS VOUS ADRESSEZ ?
NON, C'EST PAS POSSIBLE !
SI, JUSTEMENT... CETTE FAMEUSE «PORTEUSE DE CHANCE» EST TA MÈRE !
CE QUI REVIENT À DIRE QUE TU PORTES LES GÈNES DE LA CHANCE !

TOUT D'ABORD, DEMANDONS-LEUR CE QUI LES A POUSSÉS À VENIR TE VOIR.
On ne vient pas comme ça demander à un autre type de coucher avec lui.
Il est vachement violent.
OUAIS...
Il n'y est pas allé de main morte
Aïe aïe...
AU FAIT, TU AS REGARDÉ L'ÉMISSION «LA ROUTE DU SUCCÈS» ?
ÉCOUTE-MOI, TU VAS VITE COMPRENDRE...
OUI, ÇA PARLAIT D'UNE FILLE QUI PORTAIT CHANCE, C'EST ÇA ?
JE M'EN SOUVIENS PARCE QUE MA MÈRE PORTAIT LE MÊME PRÉNOM...
Aïe...
Je l'ai vue
Moi aussi
Pas moi
Je l'ai vue
C'est quoi ?
C'EST EXACTEMENT ÇA !
HEIN ?

JE NE PEUX QUAND MÊME PAS LEUR LAISSER DIRE CE GENRE D'ÂNERIES !
HAH
ILS VONT COMPRENDRE QU'ILS ONT INTÉRÊT À FOUTRE LE CAMP !
ス
SSSSST
TU VAS ÊTRE EXCLU DU CLUB, C'EST ÇA QUE TU VEUX ?
ドス
AAAAARGH !
POUF

TU VEUX BIEN SORTIR AVEC MOI ?
GNIACK
HEIIN ?!
SI TU NE VEUX PAS DE LUI, MOI, JE VEUX BIEN.
ON VEUT JUSTE TIRER UN COUP, EN FAIT.
NON, MAIS...
VOUS VOUS FOUTEZ DE MA GUEULE OU QUOI ?
BLAT
JE VAIS VOUS MONTRER DE QUEL BOIS JE ME CHAUFFE !
Z'allez voir !
RYÔTA, CALME-TOI !
QUAND ON PRATIQUE UN ART MARTIAL ON N'A PAS LE DROIT DE S'EN SERVIR POUR ATTAQUER !
GRIP

IL EST FINALEMENT PAS MAL DU TOUT, POUR MOI, C'EST OK.
JE N'AI RIEN À REDIRE.
JE CROYAIS QUE TU N'EN VOULAIS PAS ET C'EST BIEN POUR ÇA QUE TU AS ESSAYÉ DE ME LE COLLER.
TU SAIS BIEN QUE JE SUIS PRUDENT.
Je m'assure de la qualité avant d'acheter quelque chose.
PEUH PEUH
HÉ !
QU'EST-CE QUE VOUS ME VOULEZ, AU JUSTE ?
ON EST DE JEUNES MUSICIENS .
MOI, JE SUIS NATSU ET L'AUTRE À LUNETTES, LÀ, C'ESTHARU.
Des musiciens !
La classe !

JE CROIS QU'IL Y A UNE RUMEUR SUR TOI.
QUELLE RUMEUR ?
«TU PORTERAS CHANCE À CELLE QUI AURA JETÉ SON DÉVOLU SUR TOI.»
QUOI ?
Il y en a même qui disent que tu as le don de guérison...
IL Y A DEUX MECS DE LA TÉLÉVISION QUI SONT VENUS TE VOIR, HIER ?
HEIN ?
OUI JE CROIS QUE C'EST À CE MOMENT-LÀ QUE LES BAVARDAGES ONT COMMENCÉ.
HUM...
じろ HUM
じろ HUM

Te sauve pas...
KYAAAH
MIZUOCHI, PAR LÀ.
KATSUYAMA !
QU'EST-CE QU'ELLES ONT TOUTES À VOULOIR SORTIR AVEC MOI ?
ALLONS DISCUTER AILLEURS.
CACHE-TOI JUSQU'À CE QUE ÇA SONNE
MÊME SI EN COURS ÇA VA ÊTRE LE MÊME CIRQUE.

ギャー
GYAH
OCCUPE-TOI DE TES OIGNONS !
JE RÊVE ! TU AS DÉJÀ UN COPAIN, TOI !
ギャー
GYAH
N'ESSAIE PAS DE M'EN EMPÊCHER PARCE QUE C'EST MOI QUI L'AI REPÉRÉ EN PREMIER !
ギャー
GYAH
MENTEUSE ! IL ME PLAISAIT BIEN AVANT, FIGURE-TOI !
QUE SE PASSE-T-IL... ?
SSSST
HÉ !
Il se tire !
DAM

ざわ
ざわ
ざわ
BLABLABLA
TASUKU, JE VEUX ÊTRE TA COPINE !
Pousse-toi !
NON, MOI !
Sors avec moi !
Fiche le camp !
Coucou, je suis là !
C'EST AVEC MOI QU'IL VA SORTIR !
SDAM
ぎょっ
HUMPF

キャア
WOUAH
Regarde-les !
キャア
WOUAH
Ils attendent quelqu'un ?
Ils sont beaux !
キャア
WOUAH
QUE FONT-ILS, ICI ?
TASUKU MIZUOCHI ?

TASUKU...
POURQUOI TU TE COMPORTES COMME ÇA ?
ON DIRAIT... QUE TU M'ÉVITES.
MAIS...
PAS DU TOUT !
AVANT, TU...
TU COMPTAIS SOUVENT SUR MOI...
C'EST VRAI.
J'AURAIS TANT AIMÉ QUE RIEN NE CHANGE...
TOUT ÉTAIT MOINS COMPLIQUÉ... LE MOT «JE T'AIME» PORTAIT UNE SIGNIFICATION BIEN PLUS SIMPLE.

POURQUOI T'OBSTINES-TU À Y ALLER TOUT SEUL ?
JE NE SUIS PAS UNE GONZESSE... J'AI BESOIN DE PERSONNE POUR M'ACCOMPAGNER.
ボソッ
SMURF
TU PARLES, TU COMPTAIS BIEN Y ALLER AVEC KATSUYAMA.

DÉSOLÉ, JE SUIS DE CORVÉE, AUJOURD'HUI.
VAS-Y AVEC ÔNO.
ニッ
HIHI
HAH
JE FILE AU DOJO.
GATAM
ATTENDS !

キーンコーン…
カーンコーン…
キーンコーン…
カーンコーン…
DING
DONG
DING
DONG
DING
DONG
ざわ
BLABLA
ざわ
BLABLA
ざわ
ざわ…
KATSUYAMA,
ON FILE À
L'ENTRAÎNEMENT.

PAPA, IL PARAÎT QUE LES FILLES QUI PORTENT LE PRÉNOM DE YÛKO PORTENT CHANCE.
MAMAN PORTAIT AUSSI LE MÊME PRÉNOM, ELLE T'A PORTÉ CHANCE ?
HM ?
QUAND J'AI RENCONTRÉ TA MÈRE, MON AFFAIRE MARCHAIT DÉJÀ TRÈS BIEN.
FUFUFUH
J'AI CONNU LE SUCCÈS ET J'AI GAGNÉ BEAUCOUP D'ARGENT, MAIS JE NE SAURAIS TE DIRE SI C'EST ELLE QUI M'A PORTÉ CHANCE.
Il est vachement fier...
ATTENDS UN PEU...
ELLE M'A DONNÉ UN FILS ET LA POSSIBILITÉ DE JOUIR D'UNE FAMILLE CHALEUREUSE ALORS, OUI, ELLE M'A PORTÉ CHANCE !
AH AH AH AH
AH, JE VOIS...
Et il s'en vante...

J'AI UN COPAIN À QUI C'EST ARRIVÉ...
TIENS, VOILÀ QUI EST INATTENDU !
FERIEZ-VOUS ALLUSION À M. CHÔSENJI AVEC QUI VOUS AVEZ DÉBUTÉ VOTRE CARRIÈRE D'ACTEUR À HOLLYWOOD ?
OUI
IL HÉSITAIT À FAIRE UNE TOURNÉE À L'ÉTRANGER ET C'EST SON AMIE QUI L'A POUSSÉ À PARTIR.
LE SUCCÈS ÉTAIT AU RENDEZ-VOUS ET SON AMIE A DISPARU DE SA VIE.
ON L'ENTEND ENCORE SOUVENT DIRE «OÙ EST PASSÉE MA YÛKO ?»...
Quand il est ivre...
YÛKO ?
MON EX S'APPELAIT AUSSI YÛKO.
Quelle coïncidence !
QUOI ?
MAIS MON EX AUSSI S'APPELAIT YÛKO !
HALLU-CINANT !
COMMENT EXPLIQUER CELA À MOINS DE DIRE QUE TOUTES LES YÛKO SONT PORTEUSES DE CHANCE ?
YÛKO...
C'EST UNE HISTOIRE ABSOLUMENT INCROYABLE...
...

UN JOUR ALORS QUE J'ÉTAIS AU LYCÉE, MA PETITE AMIE M'A DIT «TU RÉUSSIRAS DANS LA VIE».
ET COMME PAR MAGIE, DES IDÉES FUSÈRENT POUR CONSTRUIRE MON AVENIR PROFESSIONNEL ET DEPUIS, JE N'AI JAMAIS EU À ME PLAINDRE DANS MON TRAVAIL.
J'ÉTAIS TELLEMENT OCCUPÉ QUE NOUS AVONS DÛ NOUS SÉPARER... SI JE NE L'AVAIS PAS RENCONTRÉE, JE ME DEMANDE OÙ J'EN SERAIS AUJOURD'HUI.
QUI SE SERAIT DOUTÉ D'UN TEL PASSÉ POUR NOTRE ÉCRIVAIN EN VOGUE ?
Oui...
VOUS AVEZ EU AFFAIRE À UNE PRÊTRESSE... MAIS JE PENSE PLUTÔT QUE CETTE PERSONNE AVAIT LE DON DE TRANSMETTRE LA CHANCE AUX AUTRES.
J'AI VÉCU UNE HISTOIRE SIMILAIRE...
ÉCOUTONS M. URUSHIBARA, COIFFEUR CHEZ CHARISMA.
J'AI TRAVERSÉ UNE ÉPOQUE OÙ JE DOUTAIS DE MON TALENT ET UN JOUR, MON AMIE S'EST APPROCHÉE DE MOI EN DISANT : « TOUT IRA BIEN »...
J'IGNORE CE QUI S'EST PASSÉ EN MOI, MAIS ELLE A RÉUSSI À ME REDONNER CONFIANCE ET DEPUIS, LES CLIENTS AFFLUENT.
JE N'AI PLUS REVU MON AMIE, MAIS JE LUI SUIS TELLEMENT RECONNAISSANT ...
M. URUSHIBARA A EU, LUI AUSSI, UNE PERSONNE QUI LUI A PORTÉ CHANCE.
QUELLE COÏNCIDENCE. NOUS AVONS ICI DEUX PERSONNES QUI ONT RENCONTRÉ CELLE QUI LEUR AURA PORTÉ CHANCE.
PEUT-ÊTRE Y A-T-IL PARMI NOUS QUELQU'UN D'AUTRE QUI AURAIT VÉCU LA MÊME EXPÉRIENCE ?
(RIRES)
AH AH AH AH
Il n'y en a plus.
Impossible

NOUS ALLONS DEMANDER À NOS INVITÉS DE NOUS RACONTER L' HISTOIRE LA PLUS EXTRA-ORDINAIRE DE LEUR EXISTENCE.
LA ROUTE DU SUCCÈS !
ET VOICI NOS INTERVENANTS DE CE SOIR.

AIE
JE VAIS PRÉDIRE TON AVENIR.
COMME TOUS LES DÉBUTANTS QUI CROIENT À LEUR CHANCE, TU VAS COMMENCER PAR LE TURF POUR FINIR DANS LES SALLES DE PACHINKO.
TU CROULERAS SOUS LES DETTES PARCE QUE TU N'AURAS PAS SU T'ARRÊTER QUAND IL ÉTAIT ENCORE TEMPS ET TOUTE TA VIE TU RAMERAS POUR TE SORTIR DE LA MOUISE...
Hm ?
PFUUUH
NE PARLE PAS DE MALHEUR !
Il est vraiment borné, il est incurable...

*COUP DE PIED CIRCULAIRE EN SAUTANT

HÉ...
C'est pour toi que je te dis ça...
TU NE VAS QUAND MÊME PAS ME FORCER !
JE PERDS TOUS MES MOYENS QUAND IL SE TROUVE PRÈS DE MOI OU QUAND JE LE REGARDE.
JE N'AI PAS ENVIE QUE CELA ME TRA-HISSE.
MON CŒUR SE MET À BATTRE LA CHAMADE ET JE DEVIENS TOUT ROUGE.
DONC CE N'EST PAS POUR ÊTRE MÉCHANT AVEC LUI, MAIS POUR CACHER TES ÉMOTIONS. QUELLE CANDEUR !
!!
Je comprends mieux pourquoi tu le mets à terre tout de suite pendant les kumité.
HHH
Ah, d'accord !
KATSUYAMAAAA !
DÉSOLÉ POUR L'ATTENTE !
Pardon, pardon.

DE L'EXTÉRIEUR, ON VOIT LES CHOSES DIFFÉ-REMMENT...
ET C'EST COMME ÇA QUE J'AI REMARQUÉ QUE MIZUOCHI ÉTAIT AMOUREUX D'ÔNO.
HI HI
ET AUSSI, POURQUOI ÔNO SE LAISSE METTRE À TERRE AU JUDO.
ÇA, C'EST PARCE QU'IL EST NUL, NUANCE !
EN TOUT CAS, GRÂCE À CETTE PETITE CONVERSATION, MAINTENANT, J'EN SUIS CERTAIN.
OÙ VEUX-TU EN VENIR ?
TU VEUX QUE JE TE DISE ? JE PENSE QU'EN ADMETTANT SON COMPORTEMENT
CELA POURRAIT T'AIDER À COMPRENDRE.
PAS ENVIE.

POURQUOI N'ES-TU PAS PLUS AFFECTUEUX AVEC LUI ?
BON, D'ACCORD, IL RIPOSTE À CHAQUE FOIS QUE TU LE FRAPPES
MAIS SON REGARD EST SI TRISTE QUAND IL TE REGARDE.
DIS DONC, TU NE SERAIS PAS EN TRAIN D'ESSAYER DE NOUS CASER ?
ÇA NE TE FAIT RIEN D'AVOIR UN POTE HOMO ?
NORMALEMENT, TU DEVRAIS PLUTÔT ME FREINER.
OUI, MAIS...
EN FIN DE COMPTE, CE NE SONT PAS MES AFFAIRES.
Le con...

J'AI PERDU MA MÈRE QUAND J'AVAIS 5 ANS, ET RYÔTA A TOUJOURS ÉTÉ À MES CÔTÉS
POUR ME RÉCONFORTER QUAND JE N'ALLAIS PAS BIEN.
JE N'AURAIS JAMAIS DÛ ME LAISSER EMPORTER PAR SON AFFECTION.
J'AI FAIT LA GROSSIÈRE ERREUR DE TOMBER AMOUREUX. ET D'UN HOMME PAR-DESSUS LE MARCHÉ...
Franchement...
Merde !
J'AI ÉTÉ IDIOT... JE N'AI PAS VU ARRIVER LE MOMENT OÙ J'ÉTAIS EN TRAIN DE SUCCOMBER...
VRAI-MENT ?
SI TU DEVAIS TOUT RECOMMENCER, IMAGINERAIS-TU UNE SECONDE DE VIVRE SANS ÔNO ?
BAH...

À FORCE DE TE COMPORTER COMME ÇA, TU RISQUES DE LE FAIRE FUIR.
JE SUPPOSE QUE CE N'EST PAS CE QUE TU SOUHAITES. À MOINS QUE JE ME TROMPE.
...
TU PARLES, IL ME HAIT DÉJÀ...
À RECEVOIR TROP DE COUPS, ON FINIT PAR SE LASSER...
OUAIS... TU N'AS PAS TORT...
C'est normal...
QUAND ON EST DES AMIS D'ENFANCE, LOGIQUEMENT, ON SE DIT TOUT, NON ?
JE PENSE QUE CE N'EST PAS POUR RIEN QU'IL S'OBSTINE À VOULOIR RENTRER AVEC TOI.
JE DIRAIS MÊME
QU'IL EST À L'ORIGINE DE TOUTES MES ERREURS...

... JE SUIS TRÈS EN COLÈRE CONTRE MOI POUR ÊTRE FOU AMOUREUX DE RYÔTA.
POURQUOI EST-CE QUE C'EST LUI QUE J'AIME ?
ET POUR COURONNER LE TOUT, C'EST UN MEC !
PAS D'HARMONIE, PAS DE RÊVE, PAS D'ESPOIR, PAS D'AVENIR, MAIS QUE DES ILLUSIONS !
IL EST NUL EN KARATÉ, SA DÉSINVOLTURE M'IRRITE AU PLUS HAUT POINT ET EN PLUS, IL PENSE QU'IL VA GAGNER AU LOTO !
ET POURTANT, IL DOIT BIEN EXISTER DES GENS QUI VALENT MIEUX QUE LUI...CHERCHEZ L'ERREUR !
PFUUH
ふっ
VOILÀ CE QUE J'EN PENSE...
JE COMPRENDS. C'EST À CAUSE DE TON DILEMME QUE TU T'EN PRENAIS À LUI...

Vite...
MIZU-OCHI...
TU ES VRAIMENT BORNÉ.
TU NE POURRAIS PAS LUI DIRE QUE TU T'INQUIÈTES POUR LUI AU LIEU DE LE SERMONNER INUTILEMENT ?
LOGIQUEMENT, ON A TENDANCE À SE MONTRER PLUS INDULGENT...
ON DIT AUSSI «QUI AIME BIEN, CHÂTIE BIEN» MAIS DANS TON CAS, TU DÉPASSES UN PEU LES BORNES...
Tu es impitoyable avec lui...
CE N'EST PAS LA BONNE MÉTHODE SI TU L'AIMES.
PARCE QUE TU L'AIMES, PAS VRAI ?
KATSU-YAMA...
JE...

*COUP DE PIED CIRCULAIRE AVEC LA PLANTE DU PIED.

ATTENDEZ-MOI, JE VAIS ALLER EN ACHETER UN !
RYÔTA !
EN ACHETANT CES CONNERIES, TU JETTES TON ARGENT PAR LA FENÊTRE, TU LE SAIS ?
NE ME PRIVE PAS DE MON PETIT PLAISIR.
SI JE GAGNE, JE SERAI AU MOINS REMBOURSÉ !
SI TU GAGNES ! MAIS COMME TU GAGNES RAREMENT...
HUGH
EN PLEIN DANS LE MILLE.
Je mise justement sur les rares fois...
CE N'EST PAS PARCE QUE TU AS DÉCROCHÉ LE GROS LOT QUAND TU ÉTAIS GOSSE QU'IL FAUT QUE ÇA DEVIENNE UN VICE.
TU N'AS PAS ENCORE COMPRIS QU'IL N'Y A QUE LES DÉBUTANTS QUI ONT DE LA CHANCE ?
À FORCE DE TE LAISSER TENTER TU VAS MAL FINIR !
C'EST UNE CARTE À GRATTER QUE JE VAIS ACHETER POUR LA SOMME MODIQUE DE 200 YENS CE QUI, SELON MOI, N'EST PAS LA RUINE...
TOI, TU NE DOIS PAS CONNAÎTRE LE PROVERBE : <<LES GRANDES CHOSES SE FONT PETIT À PETIT>> !
PLOMPF

DONC, JE SERAIS PUS FAIBLE QUE RYÔTA ?
JE N'AI JAMAIS DIT ÇA.
MAIS IL EST DIFFICILE DE COMBATTRE QUELQU'UN QUI NE NOUS RESSEMBLE PAS.
AH D'ACCORD... IL VA FALLOIR QUE JE RÉVEILLE LA FORCE QUI EST EN MOI...
ふっ
HUMPF
SI J'ARRIVE À MAÎTRISER CETTE PSYCHOLOGIE, JE LE METTRAI À TERRE SANS PEINE !
フッフッフッ
GNIAK GNAIK
FAUT QUAND MÊME PAS RÊVER !
ぐっ
HUGRR
JE NE BAISSERAI PAS LES BRAS !
ÇA SERVIRAIT À RIEN !
TIENS, ILS VENDENT DES TICKETS DE LOTERIE ! ♥
宝くじ
発売中

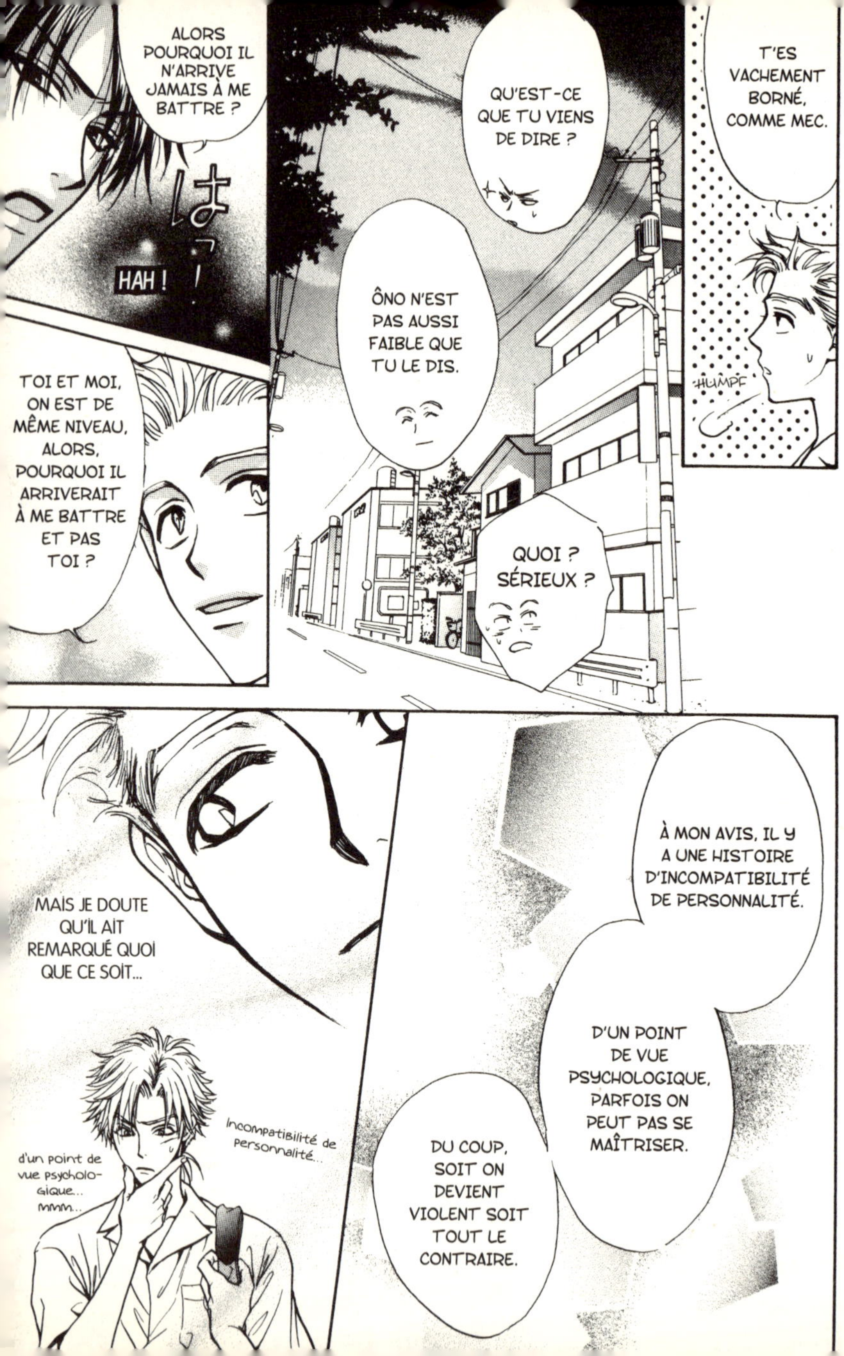
T'ES VACHEMENT BORNÉ, COMME MEC.
HUMPF
QU'EST-CE QUE TU VIENS DE DIRE ?
ÔNO N'EST PAS AUSSI FAIBLE QUE TU LE DIS.
QUOI ? SÉRIEUX ?
ALORS POURQUOI IL N'ARRIVE JAMAIS À ME BATTRE ?
はっ
HAH !
TOI ET MOI, ON EST DE MÊME NIVEAU, ALORS, POURQUOI IL ARRIVERAIT À ME BATTRE ET PAS TOI ?
À MON AVIS, IL Y A UNE HISTOIRE D'INCOMPATIBILITÉ DE PERSONNALITÉ.
D'UN POINT DE VUE PSYCHOLOGIQUE, PARFOIS ON PEUT PAS SE MAÎTRISER.
DU COUP, SOIT ON DEVIENT VIOLENT SOIT TOUT LE CONTRAIRE.
MAIS JE DOUTE QU'IL AIT REMARQUÉ QUOI QUE CE SOIT...
Incompatibilité de personnalité...
d'un point de vue psycholo-gique... mmm...

* COUP DE POING DE REVERS

On va faire un tour ?
j'suis HS
ぶすうー
GRML
DOMMAGE ÔNO, TU N'AS PAS PU BATTRE MIZUOCHI.
LA FERME, INUTILE DE ME RAPPELER QUE JE SUIS NUL.
PEUH
フンッ
C'EST VRAI PUISQUE TU NE M'AS ENCORE JAMAIS MIS À TERRE.
RÉPÈTE ÇA !
PFUH

ENCORE UNE FOIS !
GRAM
FIN DES KUMITE, RASSEM-BLEMENT !
FLIIIIP
TU AS ENTENDU ? ON Y VA, ÔNO.
SPOUF

Y
F
T

VIVRE POUR DEMAIN

BLAMP
VIVRE POUR DEMAIN
POUF
WAZA ARI IPPON SOREMADE !
PFUUUH

VIVRE POUR DEMAIN

SOMMAIRE

VIVRE POUR DEMAIN	003
ACCUEILLIR LE BONHEUR	181
POST-SCRIPTUM	187
PETITE BD	188

VIVRE POUR DEMAIN